Dominação e Submissão Erótica Vol. 5

Erika Sanders
Serie
Coleção Dominação Erótica

Sinopse

Este volume contém três títulos BDSM românticos e eróticos de alto conteúdo.

- A fotógrafa BDSM:

Julia é uma fotógrafa profissional que gosta de imortalizar os momentos importantes da vida das pessoas por meio de suas fotos.

Enquanto em seu escritório revelando as últimas fotos que havia tirado de uma família, um novo cliente entra nas instalações.

Este cliente, um executivo famoso e muito bem posicionado, tem uma tarefa pouco convencional para Julia: fotografar cenas adultas.

Julia está relutante em aceitar esta atribuição, mas a oferta do executivo é muito suculenta ...

- Executiva muito dominante e quente:

Richard Carrington é dono de uma empresa com graves problemas financeiros.

Você pode não conseguir fazer o pagamento de fim de mês de seus funcionários por causa disso.

A única solução para salvar a empresa é uma bela executiva que propõe um pacto: dinheiro em troca de um favor

Quanto Richard estará disposto a ir em troca de ser capaz de manter sua empresa à tona?

- Dominatrix, conselheira matrimonial:

Rachel e Roger são um casal normal que está casado há vinte anos.

Seus filhos já estão na faculdade, então eles moram sozinhos em casa.

Mas o marido não está satisfeito com suas relações sexuais, que ele considera enfadonhas, então decide que eles devem procurar o conselho de um conselheiro matrimonial muito particular.

Quem é esse conselheiro matrimonial que Roger recomenda especialmente a sua esposa para melhorar suas ... técnicas sexuais?

A fotógrafa BDSM, Executiva muito dominante e quente e **Dominatrix, conselheira matrimonial**, são histórias com forte conteúdo erótico BDSM e, por sua vez, também pertencentes à coleção Erotic Domination, série de romances com alto conteúdo BDSM.

(Todos os personagens têm 18 anos ou mais)

Nota do autora:

Erika Sanders é uma escritora internacionalmente conhecida, traduzida em mais de vinte idiomas, que assina seus escritos mais eróticos, longe de sua prosa usual, com seu nome de solteira.

Índice:

Sinopse
Nota do autora:
Índice:
A FOTÓGRAFA BDSM DE ERIKA SANDERS
PRIMEIRA PARTE A oferta de emprego
CAPÍTULO 1
CAPÍTULO 2
CAPÍTULO 3
SEGUNDA PARTE A sala da escravidão
CAPÍTULO 4
CAPÍTULO 5
CAPÍTULO 6
CAPÍTULO 7
CAPÍTULO 8
TERCEIRA PARTE Máscara dourada e vestido preto
CAPÍTULO 9
CAPÍTULO 10
CAPÍTULO 11
QUARTA PARTE Dor e prazer
CAPÍTULO 12
CAPÍTULO 13
EPÍLOGO
FIM
EXECUTIVA MUITO DOMINANTE E QUENTE DE ERIKA SANDERS
CAPÍTULO 1
CAPÍTULO 2
CAPÍTULO 3
CAPÍTULO 4
CAPÍTULO 5
CAPÍTULO 6
CAPÍTULO 7
CAPÍTULO 8
CAPÍTULO 9
CAPÍTULO 10
CAPÍTULO 11
CAPÍTULO 12
CAPÍTULO 13
CAPÍTULO 14
CAPÍTULO 15
CAPÍTULO 16

CAPÍTULO 17
CAPÍTULO 18
CAPÍTULO 19
CAPÍTULO 20
CAPÍTULO 21
CAPÍTULO 22
FIM
DOMINATRIX, CONSELHEIRA MATRIMONIAL DE ERIKA SANDERS
PRIMEIRA PARTE: 20 anos de casamento
CAPÍTULO 1
CAPÍTULO 2
CAPÍTULO 3
CAPÍTULO 4
SEGUNDA PARTE: Lady Samantha e a esposa
CAPÍTULO 5
CAPÍTULO 6
CAPÍTULO 7
CAPÍTULO 8
CAPÍTULO 9
CAPÍTULO 10
TERCEIRA PARTE: Escravidão é o nosso prazer
CAPÍTULO 11
CAPÍTULO 12
CAPÍTULO 13
CAPÍTULO 14
FIM

A FOTÓGRAFA BDSM
DE
ERIKA SANDERS

PRIMEIRA PARTE
A oferta de emprego

CAPÍTULO 1

Julia estava sentada no quarto escuro de seu pequeno estúdio de fotografia enquanto desenvolvia imagens fotográficas.

A fotografia sempre foi sua paixão, e ela fez dela sua carreira.

A garota de trinta anos assistiu atentamente enquanto as imagens eram concluídas.

Ele os pendurou para secar e levou um momento para admirar seu trabalho para uma família amorosa.

Julia parou o trabalho quando ouviu a campainha tocar quando a porta da frente se abriu.

Ele foi à recepção e viu uma mulher executiva na casa dos quarenta, vestida como alguém que trabalhava em um escritório muito elegante.

"Boa tarde", disse Julia com um sorriso caloroso. "Bem-vindo ao meu estúdio de fotografia. Meu nome é Julia. Como posso ajudá-lo?"

A profissional sorriu de volta.

"Olá Julia. Meu nome é Catherine."

Eles apertaram as mãos enquanto Julia estava atrás do balcão.

"Prazer em conhecê-la, Catherine. Há algo que eu possa fazer por você hoje? Você está procurando algo em particular?"

"Na verdade, sou. Adoro o seu trabalho. Acho que você é excelente em tirar retratos e capturar momentos especiais."

Julia corou.

"Obrigado. Você está aqui por recomendação?"

"Pesquise, na verdade. Acho que as imagens que você tem no seu site são ótimas. Você é uma mulher muito talentosa."

"Faço o melhor que posso".

"Então, como esse processo funciona?" Perguntou Catherine. "As pessoas entram em contato com você, dizem o que querem e depois tiram fotos delas? Eu sou novo nisso, obviamente."

"Geralmente é assim que funciona. Às vezes as pessoas vêm ao meu estúdio se querem tirar retratos, ou às vezes me contratam para ir para casa".

"Que tipo de fotos você costuma tirar?"

"Depende", respondeu Julia. "Se eu tenho que sair, geralmente é para casamentos, cerimônias, formaturas, coisas assim. No meu estúdio, eu costumo tirar retratos de família."

"Você se importa se eu fizer uma pergunta pessoal?"

"Adiante."

"Você ganha muito dinheiro fazendo isso?"

"É uma vida digna."

"Julia, não vou perder seu tempo", disse Catherine em tom comercial. "Estou procurando contratar um fotógrafo para uma série de sessões de fotos. Pagarei um bom dinheiro e exigirei total discrição. Todas as imagens serão voltadas para adultos."

"Isso não deve ser um problema", respondeu Julia com confiança. "Eu fiz muito trabalho nu antes. Estou confortável com esse tipo de coisa."

"Que tipo de experiências você tem sobre isso?"

"Eu tive algumas aulas de arte nua na faculdade. Na minha carreira fotográfica, tirei retratos sensuais nus para mulheres. É um pedido bastante comum. Suponho que você queira algo assim."

Catherine sorriu.

"Não inteiramente. O que eu faço envolve um pouco mais de erotismo."

"É pornográfico?" Julia perguntou cautelosamente.

"Eu não sou uma pessoa que gosta de rotular as coisas. Eu exploro os limites da sexualidade humana de uma maneira muito particular. Tenho amigos especiais e gostaria que você documentasse algumas de nossas sessões com seu conjunto único de habilidades. Como fotógrafo
"

Julia ficou um pouco confusa.

"Não posso. Sinto muito. Sem ofensas, mas provavelmente não poderia fazer o meu melhor trabalho nesse ambiente."

Catherine enfiou a mão na bolsa e colocou um cartão de visita na mesa.

"Obrigado pelo seu tempo", respondeu Catherine educadamente. "Como artista, eu esperava que você tivesse uma mente aberta para todas as formas de arte que envolvem o corpo humano. Se você estiver curioso sobre o que eu faço, ligue para mim. Ainda espero que possamos trabalhar juntos eventualmente. Tenha um ótimo dia."

"Você também. Obrigado por ter vindo. Peço desculpas por não poder ajudá-lo."

"Não peça desculpas. Isso não é para todos. No verso do meu cartão, escrevi o valor que pagaria pelos seus serviços. Pense nisso."

Com isso dito, Catherine se virou e saiu do pequeno escritório.

Essa foi a oferta mais incomum que Julia recebeu desde que começou seu próprio negócio de fotografia.

Ela nunca tinha sido solicitada por algo abertamente sexual antes.

Ele pegou o cartão e olhou para ele.

Para sua surpresa, Catherine ocupou uma posição de alto nível em um grande banco de investimento na cidade.

Julia virou o cartão e viu o preço que Catherine estava disposta a pagar, e ficou surpresa.

CAPÍTULO 2

Mais tarde, ele estava pensando naquela noite.

A curiosidade ainda estava na mente de Julia antes de dormir, apesar de uma parte dela querer ficar longe de Catherine.

Foi ao lixo onde jogara fora e pegou o cartão de visita de Catherine, que o transformara em uma bola.

Ele desdobrou e deu outra olhada.

Então ele foi ao seu computador para uma rápida revisão.

Após uma breve pesquisa, Julia encontrou a página de Catherine no LinkedIn.

Catherine era uma experiente executiva de negócios com uma alta posição em um grande banco de investimento.

A quantidade de experiência que Catherine teve em um nível alto foi surpreendente para Julia.

Julia continuou sua pesquisa on-line e encontrou a página de Catherine no Facebook, aberta a todos.

Ele olhou as fotos pessoais da empresária.

Catherine era linda, elegante, sofisticada, com uma aura dominante.

Julia se perguntou por que essa mulher estaria interessada em tirar fotografias explícitas.

Mas obviamente todo mundo tem seus segredos, pensou Julia.

A intriga foi suficiente para Julia mudar de idéia.

Afinal, quão decadentes poderiam ser essas imagens?

Certamente eles tinham que estar de bom gosto.

Ele abriu o e-mail e escreveu uma mensagem para Catherine:

Oi Catherine

Espero que você esteja se divertindo. Sou Julia do estúdio de fotografia. Pensei muito em sua oferta e poderia reconsiderar minha posição sobre o assunto, se você ainda estiver interessado em trabalhar comigo. Mas primeiro, eu tenho algumas perguntas. Existe um momento apropriado para conversarmos ao telefone? Ou você gostaria de continuar se comunicando por e-mail? Faça-me saber disso.

Cuidado,

Julia ”

Ele olhou para o relógio, e já eram vinte e cinco da noite.

Julia desligou o computador e deu outra olhada no cartão de visita.

Ele virou e olhou para a nota manuscrita de Catherine: quinhentos dólares por hora.

Ela só ficou mais curiosa quando foi dormir.

CAPÍTULO 3

A manhã seguinte foi uma manhã típica para Julia.

Quando não havia leads ou clientes em seu pequeno estúdio, ele passava seu tempo na câmara escura desenvolvendo mais fotos.

Foi um trabalho tedioso, mas ela gostou.

Quando terminou, saiu do quarto escuro e olhou para o laptop em sua mesa.

Havia vários novos e-mails.

Os olhos de Julia examinaram brevemente a lista de mensagens, principalmente relacionadas ao trabalho.

O que instantaneamente chamou sua atenção foi a resposta por e-mail de Catherine.

Ela abriu:

Julia

Fico feliz que você tenha reconsiderado minha oferta. É melhor nos encontrarmos pessoalmente para discutir isso. Venha ao meu escritório na sexta-feira às oito da manhã. Vou marcar uma consulta para você e minha secretária deixarem você entrar.

Catherine "

O breve e-mail foi mais do que suficiente para despertar o interesse de Julia mais uma vez.

Ela procurou no cartão de visita de Catherine o endereço de seu escritório no centro.

Ela usou a Internet e procurou instruções para chegar lá de sua casa, e certificou-se de manter sua agenda clara para a manhã de sexta-feira.

SEGUNDA PARTE
A sala da escravidão

CAPÍTULO 4

Julia estava nervosamente parada no elevador quando subiu no grande prédio.

Ela usava uma camisa de botão com uma saia de escritório para parecer apropriada no ambiente corporativo.

Quando o elevador finalmente chegou ao chão, Julia procurou timidamente o escritório de Catherine na área estranha para ela.

Quando a localizou, ele se aproximou de uma jovem secretária que lhe permitiu entrar no escritório.

Silenciosamente, ela engoliu em seco quando entrou e percebeu que acabara de interromper o trabalho de escritório de Catherine, qualquer que fosse o momento.

"Por favor, sente-se", disse Catherine educadamente por trás de sua mesa. "Estou feliz que você mudou de idéia sobre um possível relacionamento."

Julia sentou-se e relaxou.

"Bem, eu pensei sobre isso e percebi que provavelmente é algo de bom gosto."

"Olhe para o meu escritório. Claro, tudo o que faço é de bom gosto", disse a empresária, brincando.

"Eu definitivamente posso ver isso."

"E tenho certeza que o dinheiro que ofereço ajudou a convencê-lo, está correto?"

Julia corou.

"Isso faz parte disso."

"Bom", Catherine concordou. "Agradeço sua honestidade. Não há vergonha em querer mais dinheiro."

"O dinheiro é sempre bom. Não sou exatamente rico. Mas, acima de tudo, adoro a arte da fotografia. Adoro capturar imagens de pessoas que durarão a vida inteira. Você parece uma pessoa realmente interessante e contar sua história com minhas fotos foi uma oportunidade que eu simplesmente não podia deixar passar. "

"Eu sabia que estava escolhendo a mulher certa para o trabalho", sorriu Catherine.

"Você se importaria de me dar uma idéia do que você quer? Entendo sua necessidade de discrição, dado o assunto. Mas, neste momento, eu gostaria de saber no que estou me metendo."

"Você conhece a escravidão e o estilo de vida BDSM?"

Julia ficou surpresa.

"Sim estou."

"O que você pode me falar sobre isso?"

Julia pensou por um momento.

"Não muito. Eu apenas sei as coisas clichês que vejo na TV. Você sabe, chicotes, correntes, couro. Esse tipo de coisa."

"Esse é apenas um pequeno aspecto do fetiche", explicou Catherine. "O verdadeiro BDSM é sobre domínio e submissão. Trata-se de perder poder e se entregar completamente a outra pessoa. Com segurança e por consenso, é claro. Chicotes e correntes são meras ferramentas para atingir um objetivo específico".

"Ela é uma amante ou algo assim?" Julia perguntou em um tom tímido.

"Eu não gosto de etiquetas. Mas acho que caberia nessa descrição. Isso te incomoda?"

"Nem um pouco. Hum, acho que o empoderamento feminino é uma grande coisa."

"Eu também", Catherine concordou. "E você verá um grande empoderamento feminino quando chegar à minha sala especial. A maioria dos meus submissos são homens de negócios poderosos em suas vidas diárias. Eles se preocupam em me fazer trazê-los de joelhos em particular."

"E você?"

"Eu que?"

"Você envia também?" Julia perguntou.

Catherine sorriu.

"Claro que sim. Eu não faria isso se não amasse a cada segundo."

"Como isso funciona? Quero dizer, eles estão vindo para visitá-lo? E daí? Você bateu neles ou algo assim?"

"Eu tenho uma sala especial de escravidão no meu sótão", respondeu Catherine. "Conheço submissos diferentes do mundo corporativo. É algo exclusivo. Geralmente nos fins de semana. Apenas por uma hora."

"Por que uma hora?" Julia perguntou.

"É a quantidade perfeita de tempo, na minha opinião. Se durasse muito, as coisas começariam a doer de uma maneira ruim. Se fosse muito curto, não haveria preliminares suficientes para construir as coisas. Uma hora é a quantidade perfeita de tempo para construir. um clímax incrível ".

"Parece provocador."

"Espere até ver", disse Catherine. "Eu uso uma máscara de ouro. É como um alter ego que eu tenho. Uma vez que a máscara está ligada, eu me torno uma pessoa diferente. Se as pessoas pensam que eu sou uma cadela no escritório, espere até você estar na minha sala de escravidão comigo. com a máscara e um chicote na mão. Eu me torno algo completamente diferente. "

Julia foi atraída por Catherine.

Era um novo mundo de liberdade sexual sem as restrições de inibições pessoais.

Ele a rejeitou de alguma forma, mas ao mesmo tempo, era completamente fascinante.

Eu mal podia esperar para vê-lo e capturá-lo na câmera.

"Você quer que eu fotografe toda a experiência, certo?" Julia perguntou, para deixar claro.

"Eu quero que você fotografe tudo, exceto os rostos. A discrição é da maior importância, pois meus submissos são principalmente indivíduos ricos. Você não terá permissão para saber quem eles são. Eles serão mascarados o tempo todo."

Os dedos de Julia se moveram nervosamente.

"Serei honesto. Tudo isso me parece estranho. Nunca me pediram para fazer parte de algo assim antes. Eu nem vi essas coisas em vídeo, o que não significa que não tenha visto pornografia. Tudo é muito novo para mim."

"Então eu te invejo", respondeu Catherine.

"Sério porque?"

"Porque você vai explorar isso pela primeira vez, com olhos virgens."

"Definitivamente será esse o caso", respondeu Julia.

"Diga-me, você está satisfeito com sua vida sexual?"

"Que queres dizer?"

"Você está sexualmente satisfeito?" Catherine perguntou sem rodeios. "Você goza como quer? Você gostaria de ter orgasmos melhores? Você gostaria que alguém te ferrasse de corpo e alma?"

Julia ficou surpresa com a linha de perguntas da respeitável empresária.

"Minha vida sexual poderia ser melhor", ele admitiu. "Sou solteiro. Não saio há muito tempo. É o preço pessoal que pago pela administração do meu próprio negócio".

"Então você provavelmente se masturba muito."

"Mais ou menos."

Catherine pegou uma caneta e um bloco de notas e começou a escrever.

Quando terminou, entregou a nota a Julia.

"Esse é o endereço do meu apartamento", disse Catherine. "A próxima sessão é sábado, às dez horas da noite. Não se atrase. Você receberá quinhentos dólares por toda a hora. Tire fotos do que quiser, exceto rostos ou qualquer coisa que possa ser usada para identificar alguém. As imagens pertencerão exclusivamente a mim. Portanto, não as publique em nenhum lugar. Minha secretária terá um contrato e formulários de confidencialidade prontos para você assinar quando sair do meu escritório. Isso será tudo por enquanto. "

Julia se levantou.

"Obrigado. Aguardo com expectativa a nossa reunião no sábado."

Catherine também se levantou e as duas mulheres apertaram as mãos para fechar informalmente o acordo.

"Só mais uma coisa, vista um belo vestido quando você vier. Quero que você pareça bem."

O olhar no rosto de Julia mudou.

Naquele exato momento, ele acabara de perceber no que estava se metendo.

CAPÍTULO 5

Depois de se reunir com a secretária para assinar os formulários e acordos, Julia saiu rapidamente do prédio corporativo para respirar ar fresco.

Sua mente era uma mistura de emoções.

Eu estava curioso, mas estava nervoso.

Fiquei intrigado, mas relutante.

Ele percebeu que tudo estava na liderança, mas era tarde demais para recuar.

Ela já havia dado sua palavra, assinado os contratos e não havia como voltar atrás.

A rua do centro estava cheia e ela observou os funcionários corporativos caminharem em direção a seus destinos, enquanto ela permanecia completamente nervosa.

Julia viu uma pequena lanchonete ao ar livre e foi até a fila.

Eu precisava desesperadamente de algo forte para beber.

No momento em que Julia ficou na fila, ouviu uma voz chamando-a por trás.

Ela se virou e viu a secretária pessoal de Catherine se aproximando dela com um sorriso.

A secretária era surpreendentemente jovem, na casa dos vinte, e ela era muito bonita.

"Esqueci de assinar alguma coisa?" Julia perguntou, quando a secretária se aproximou.

"Não. Tudo isso está feito. Estou no meu horário de descanso e queria falar com você."

"Oh por que?"

"Eu sei para o que você foi contratado", disse ele. "Quando você assinou os documentos, parecia aterrorizado, como se estivesse assinando um contrato para a sua vida."

"Você pode me culpar por me sentir assim?"

A secretária sorriu.

"É um sentimento normal. Eu sei exatamente o que você está passando."

"Você sabe disso?" Julia perguntou.

"Sim. Digamos que eu passei por um extenso processo de entrevista para conseguir meu emprego como secretária de Catherine."

Julia não demorou muito para estabelecer a conexão.

Ele imediatamente percebeu que a bela jovem secretária era sexualmente submissa a Catherine.

Julia fez o possível para não parecer surpresa.

"Então você e Catherine?" Julia perguntou sugestivamente e curiosamente.

A secretária assentiu com orgulho.

"Candidatei-me ao emprego sabendo que não estava qualificado para trabalhar para uma mulher corporativa de primeira linha. Mas achei que não tinha nada a perder. Ela me entrevistou pessoalmente. Percebi que ela gostava da minha aparência. E antes que percebesse, assinei muitas dos mesmos documentos que você. Então ela me deixou entrar em seu mundo particular de aventura. "

"Por que você está dizendo isso para mim? Eu não quero parecer rude, mas essa não é exatamente a informação que deve ser compartilhada."

"Parece que você pode precisar de um amigo. Eu não quero que você fique nervoso."

"Obrigado", respondeu Julia. "No entanto, eu já estou nervoso. Não posso deixar de sentir que cometi um grande erro. Não tenho certeza se posso lidar com um fetiche como esse."

"Pensei a mesma coisa quando comecei a me envolver com ela. Fiquei aterrorizada quando vi sua sala de escravidão. Minhas mãos tremiam quando começamos o processo. Mas agora não posso ficar sem ela."

"O que fez você mudar de opinião?" Julia perguntou.

"O prazer."

CAPÍTULO 6

Sábado à noite.

Julia foi ao apartamento com a câmera no estojo e estava usando um vestido amarelo que havia comprado especificamente para a ocasião.

Eram nove horas da noite.

Ele chegou uma hora antes da consulta quando subiu o elevador.

Ser pontual fazia parte do trabalho.

Quando chegou ao chão, Julia foi até o apartamento de Catherine e ligou.

Ele não teve que esperar muito tempo para Catherine abrir a porta com os pés descalços em um roupão de seda.

Os cabelos de Catherine estavam bem arrumados, assim como a maquiagem perfeita.

"Você chegou cedo", Catherine sorriu.

"Eu sempre gosto de chegar cedo. Isso é um problema? Eu sempre posso voltar um pouco mais tarde ..."

"Não, não, está tudo bem. Entre. Estou feliz que você chegou cedo. Isso nos dá a chance de conversar um pouco mais."

Julia entrou no apartamento e ficou maravilhada com tudo.

"Lugar bonito", disse Julia com admiração. "Isso é maravilhoso. Eu nunca vi nada assim na cidade."

"Haverá muitas coisas esta noite que você nunca viu antes."

"Tenho certeza que você está certa. Posso ver sua sala de escravidão? Eu adoraria tirar algumas fotos dela agora."

"Ainda não", respondeu Catherine. "Quero que você tire fotos quando tudo começar, não antes."

"OK."

"Algo com medo?"

Julia pensou por um momento.

"Um pouco. Mas eu vou ficar bem. No entanto, eu definitivamente estou curioso. Eu nunca fiz parte de algo assim."

"Você é o tipo de mulher que vai gostar disso. Eu posso sentir."

"O que te faz dizer isso?"

"Faço isso há muito tempo", respondeu Catherine. "Eu posso saber muito sobre os hábitos sexuais das pessoas apenas olhando para elas. Depois desta noite, tenho certeza que você estará ansioso para voltar. Você ficará viciado. Confie em mim."

Julia ficou subitamente desconfortável com a suposição de Catherine.

Ela tentou permanecer profissional e séria.

"Então, o que você pode me dizer sobre o convidado de hoje à noite?" Julia perguntou, mudando de assunto.

"Ele é rico. Ele é um amigo meu de longa data. Normalmente, recebo conselhos de negócios dele, mas sexualmente, ele recebe ordens de mim. Você não verá o rosto dele e não conhecerá a identidade dele."

"A que horas ele chegará?"

"Está aqui", Catherine sorriu.

"Ele está ...?"

Catherine gesticulou olhando para o corredor.

"Está na minha sala principal. Você quer que dê uma olhada?"

As duas mulheres caminharam pelo corredor do apartamento de luxo.

Os batimentos cardíacos de Julia dispararam como se ela estivesse fazendo exercícios cardiovasculares.

Seu coração estava batendo rápido quando Catherine abriu a porta do quarto principal.

"Aqui está", disse Catherine.

Julia ficou quase surpresa quando viu um homem de meia-idade sentado na cama, vestido apenas de cueca.

O rosto e a cabeça estavam cobertos por uma máscara de couro preto.

Havia buracos para ele ver e falar.

Ele olhou diretamente para Julia.

Seu corpo refletia sua idade e sua figura era lisa e gordinha.

Suas mãos estavam atadas juntas por uma corda.

"O que você acha?" Catherine perguntou com um sorriso maligno.

"Eu não sei o que pensar".

"Bem, você tem medo do que farei com ele? Isso te excita de alguma forma? Você deve ter algumas idéias sobre isso."

"Certamente é uma imagem muito provocativa".

Catherine sorriu.

"Se você acha que isso é provocador, espere até o show começar. No entanto, ainda não é hora".

Ele fechou a porta do quarto e eles ficaram no corredor.

"Enquanto isso", disse Catherine, olhando o corpo do fotógrafo. "Eu pensei que tinha dito para você usar um belo vestido para hoje à noite."

Julia olhou brevemente para o seu vestido amarelo barato.

"Desculpe. Foi o melhor que pude encontrar."

"Não é bom o suficiente. Siga-me."

As duas mulheres foram em direção a uma sala diferente no final do corredor.

Era um quarto de hóspedes, tão impressionante quanto a sala principal.

O quarto estava arrumado e a cama parecia fresca.

Catherine abriu o armário e procurou brevemente a grande variedade de roupas caras.

Quando ele encontrou o que procurava, jogou-o na cama.

Era um vestido preto fino e elegante.

"Coloque-o", disse Catherine. "Eu não quero que você use nada além disso, nem mesmo seus sapatos."

"E o meu sutiã e calcinha?"

"Nem. Isso é um problema?"

Julia balançou a cabeça.

"Não."

"Tudo bem. Vista-se neste quarto. Volto em breve assim que calçar as botas e me livrar dessa túnica."

"OK."

"Você está pronto para isso?" Perguntou Catherine.

"Eu estou."

"Você parece estranho. Não há problema em ficar nervoso. Mas se você não quiser continuar, tudo bem também. Eu sempre posso encontrar outra pessoa e até pagarei por você hoje à noite."

Julia respirou brevemente.

"Não. Eu quero fazer isso. Vou colocar o vestido e estar pronta quando você estiver."

"Excelente", Catherine sorriu, antes de se virar para ir embora.

Julia foi deixada sozinha no luxuoso quarto de hóspedes.

Ela olhou para o vestido preto que estava na cama e se perguntou quanto valeria a pena.

Parecia caro.

Ela abaixou a câmera, depois tirou o vestido amarelo e jogou-o na cama.

Ele tirou os sapatos.

Finalmente, como Catherine pediu, ela tirou o sutiã e a calcinha e ficou nua no quarto.

Ela olhou para sua aparência nua no espelho, percebendo o quão normal ela parecia.

Ela pegou o vestido preto e o vestiu, depois se olhou no espelho novamente.

Desta vez, ela parecia muito diferente.

Ela parecia uma mulher de classe e elegância.

"Linda", a voz de Catherine disse do corredor.

Julia ficou surpresa que eles a observassem, mas ela não tinha certeza de quanto tempo.

Os olhos dela se arregalaram de espanto quando viu Catherine de espartilho preto e longas botas pretas.

A aparência de Catherine contrastava fortemente com seu traje profissional habitual.

"Oh obrigada", Julia respondeu calmamente. "Você está linda também."

"Agora é a hora. Eu removi o seguro do meu quarto especial. É no final do corredor. Espere por mim lá com sua câmera pronta e eu levarei nosso convidado especial. Você é livre para tirar as fotos como quiser. Não vou lhe dar instruções sobre como fazer seu trabalho. Depende de você. "

"Obrigado."

Catherine se afastou, indicando a Julia que era hora de ir sozinha para a sala de escravidão.

Julia respirou baixinho e, com sua grande câmera na mão, passou por Catherine e seguiu pelo corredor até a sala aberta.

CAPÍTULO 7

A sala de escravidão era grande e as paredes estavam cobertas de estofamento preto.

Era uma sala muito bem iluminada.

Os olhos de Julia examinaram os diferentes itens e acessórios sexuais em exibição.

Havia uma grande variedade de vibradores, brinquedos sexuais, correntes e grampos.

Havia uma cadeira e uma mesa na sala, que eram os únicos móveis disponíveis.

Havia um grande relógio na parede para garantir que cada sessão durasse exatamente uma hora.

Foi só quando ouviu o som dos calcanhares de Catherine clicando no chão que Julia se lembrou de que ela tinha um trabalho específico a fazer.

Eles estavam chegando, e Julia preparou sua câmera para tirar fotos.

A primeira coisa que Julia viu entrando na sala foi o homem de meia idade, com as mãos ainda amarradas e o rosto ainda coberto para proteger sua identidade.

Julia tirou uma foto dele.

Então Catherine entrou na sala.

Ela usava uma máscara de ouro brilhante que cobria o rosto, mas deixava o cabelo cair livremente.

A máscara parecia ter sido criada no século quinze para uma família real, pensou Julia.

Julia tirou fotos de Catherine guiando o homem para o quarto e depois fechando a porta.

Julia observou com curiosidade o homem amarrado ter que se ajoelhar.

Catherine ordenou que ele se ajoelhasse e permanecesse em silêncio.

Julia tirou mais fotos.

Catherine foi à sua coleção de brinquedos sexuais e procurou o que queria.

Finalmente, ela se decidiu por um longo vibrador cor de carne.

Mas ela ainda não havia terminado.

Ela amarrou o vibrador no cinto e depois o colocou sobre o espartilho de couro.

Julia tirou mais fotos.

"Você está pronta esta noite?" Catherine perguntou a seu homem submisso.

"Mmm ... Hmmm ..." ele murmurou em resposta.

"Bom garoto", disse Catherine em tom condescendente. "Agora eu quero sua bundinha dobrada sobre a mesa."

O homem levantou-se e ficou em cima da mesa, com o estômago sobre ela e as pernas afastadas.

O homem demonstrou que já havia feito isso várias vezes antes e que estava aproveitando cada momento, por mais tempestuoso ou degradante que a experiência parecesse a uma pessoa normal.

Catherine pegou uma pequena pá de madeira e começou a bater suavemente na bunda do homem.

A princípio foi suave, como se ela se importasse com o bem-estar dele.

Com a pá, ela começou a bater nele com mais força, depois mais forte ainda.

O homem começou a murmurar com a boca quando os golpes se tornaram mais intensos.

Julia quase se sentiu mal por ele, mas ela fez seu trabalho e tirou fotos.

"Você gosta disso, porquinho?" Catherine perguntou, continuando com a pá.

"Mmm ... hmm ..."

"Eu tenho outra coisa para você."

Catherine largou a pá e amarrou as mãos e os tornozelos do homem nos diferentes cantos da mesa.

Ele foi pego.

Toda a sua confiança foi completamente depositada em Catherine.

Foi por sua vontade e por sua misericórdia.

Ele pegou uma garrafa de lubrificante e cobriu uma grande quantidade na ponta do dedo.

Julia tirou fotos em close do dedo lubrificado de Catherine.

Julia então tirou fotos em close do dedo entrando no ânus do homem.

Ele gemeu enquanto estava sendo penetrado pelo dedo de Catherine.

Então ele inseriu dois dedos.

Então três.

Julia se perguntou se o homem estava gostando.

Mas essa não era sua preocupação.

O trabalho de Julia era tirar uma foto da penetração, e ela o fez, com a câmera capturando tudo.

O estômago de Julia quase afundou quando viu Catherine se posicionar atrás do homem, o pênis grande amarrado à cintura apontando diretamente para a bunda estendida do homem.

Julia estava pronta para gritar e implorar em nome do homem indefeso em cima da mesa.

Ela queria acabar com essa loucura em seu nome.

Mas ela não fez.

Não era o papel dele.

Sua boca estava aberta, incrédula, e ela abaixou a câmera brevemente para poder ver a penetração anal com seus próprios olhos.

Foi uma visão chocante.

Ele levantou a câmera, apontou diretamente para a penetração anal e tirou mais fotos.

CAPÍTULO 8

Segunda-feira.

Era de manhã cedo e Julia estava em seu quarto escuro, revelando todas as fotos que ela havia tirado para Catherine.

Havia mais de duzentas imagens no total.

Os primeiros lotes estavam prontos.

A qualidade da imagem era boa e ela admirava seu próprio trabalho.

Ele sabia que Catherine ficaria feliz com a maneira como capturou a sala de escravidão.

Ele sabia que Catherine também gostaria que o homem submisso fosse capturado.

Havia imagens capturando Catherine em sua roupa e havia close-ups da máscara de ouro.

Julia olhou brevemente para o resto das tiras de filme que havia tirado.

Ele olhou para as imagens do homem chupando o objeto sexual, sendo açoitado e depois sodomizado por um longo período pelo cinto grande.

Os batimentos do seu coração subiram.

Então ele olhou para as imagens do homem sendo abalado por Catherine.

Ele havia disparado uma carga maciça de sêmen no chão, que recebeu ordem de limpar com a língua.

Julia sentiu uma sensação de queimação entre as pernas.

Ela estava excitada em seu quarto escuro, exatamente como havia estado na sala de cativeiro de Catherine.

Ela desabotoou a calça e deslizou a mão direita pela calcinha.

Ele assistiu ao filme que estava sendo revelado, o homem chupando o vibrador enquanto ele estava de joelhos, e ele se tocou sexualmente.

Ele se lembrou de tudo o que sentiu quando viu tudo pela primeira vez.

Ela imaginou que ele fosse sodomizado e Catherine o masturbando.

Ela se tocou pensando no homem chupando os peitos de Catherine.

Ele pensou em todos os comentários verbalmente degradantes que fez a ela e na difícil situação em que ela foi colocada.

Então, Julia se imaginou na posição do homem.

Ela se perguntou se poderia gostar de ser sugada por um vibrador e ser sodomizada em uma posição tão degradante.

Quando ela teve um orgasmo na câmara escura, ela percebeu que a resposta era sim.

TERCEIRA PARTE
Máscara dourada e vestido preto

CAPÍTULO 9

Dois meses depois, Julia estava usando um vestido novo quando foi ao escritório de Catherine.

Ela foi convidada para uma reunião privada.

Depois de chegar ao chão sem hesitar, teve uma breve discussão com a secretária e foi autorizado a entrar no escritório de Catherine.

As duas mulheres se cumprimentaram com um abraço, e as duas se sentaram em seus respectivos lugares, com Catherine atrás de sua grande mesa e Julia sentada em frente a ela.

"Posso dizer honestamente que você é o melhor funcionário que já tive", disse Catherine. "Isso significa alguma coisa, dado o número de pessoas qualificadas que trabalharam para mim ao longo dos anos."

Um sentimento de orgulho tomou conta de Julia.

"Obrigado. Eu faço o meu melhor."

"Você gosta de me ter como empregador? Eu tenho uma reputação de ser uma vadia de verdade, o que é bem merecido."

"Eu não acho que você é uma vadia", Julia respondeu brincando. "Eu acho que você é uma mulher forte. E você é facilmente o empregador mais intrigante que eu já tive. Toda semana é meio alucinante. Eu amo isso. Eu sempre aguardo nossas reuniões."

"Bem, infelizmente, seus serviços não serão mais necessários", disse Catherine em tom comercial direto. "Você concluiu sua tarefa fotografando todos os meus submissos. Acho que você fez um trabalho maravilhoso. Seu trabalho excedeu em muito as minhas expectativas."

Julia ficou surpresa.

Ele adorava apreciar, olhar e tirar fotos da vida sexual secreta de Catherine.

Ir ao seu apartamento nas noites de sábado era a emoção da semana.

E ele se masturbava em privado toda vez que voltava para casa.

Ele também gostava da companhia de Catherine semanalmente.

"Oh, bem, estou feliz que você tenha gostado do meu trabalho", Julia respondeu, tentando não parecer arrasada.

"Eu não sou o único que gosta. Todos os meus submissos do sexo masculino concordam que você fez um trabalho excepcional com sua fotografia. Você receberá um bônus considerável por isso. Quando sair do meu escritório, minha secretária o entregará um envelope. com o dinheiro ".

"É muita gentileza da sua parte."

Catherine sorriu.

"Isso não é um problema."

"Existe alguma maneira de nós ... podermos ... continuar isso?" Julia perguntou com toda a confiança que pôde reunir. "Como fotógrafo, acho que há muito mais coisas que poderíamos explorar e que ainda não fizemos".

Catherine levantou uma sobrancelha.

"Sério? Então o pequeno e tímido fotógrafo quer continuar trabalhando para mim. Isso é interessante."

"Bem, eu estou interessado no seu hobby", admitiu Julia, apesar de si mesma. "É uma coisa fascinante, e acho que fizemos um ótimo trabalho juntos em termos de arte."

Catherine pensou por um momento.

"Eu posso ter outra coisa para você. Sem garantias. Mas pode estar fora de seu alcance."

A atenção de Julia foi subitamente despertada.

"O que é?"

"O fetiche da escravidão é mais comum no mundo dos negócios do que você pensa. É muito popular entre homens poderosos, porque eles adoram a mudança de papéis. Eles gostam de desistir das mulheres sedutoras depois de serem as chefes de tudo". o dia. Você está interessado até agora? "

"Seguro."

"Ótimo. Entrarei em contato com os organizadores do evento para ver se você pode participar."

"Evento?" Julia perguntou.

"Sim, é um pequeno evento que acontece de vez em quando. É uma festa de escravidão, basicamente, onde os ricos e poderosos realmente se divertem quando adultos."

"Parece algo que eu adoraria ver."

Catherine sorriu.

"Você não tem idéia. É tão sujo e vulgar que todos estão mascarados. Tudo é completamente discreto. Além disso, é uma tradição."

"O que eu estaria fazendo lá?"

"Tire fotos. O que mais seria? Talvez os organizadores do evento desejem algumas fotos bonitas para lembranças ou algo assim."

"Eu definitivamente posso fazer isso", respondeu Julia. "Para ser sincero, desde que comecei a tirar fotos das suas sessões de bondage, tudo o que faço no trabalho parece muito chato em comparação".

Catherine sorriu.

"Eu sabia que você iria gostar. Você é esse tipo de garota. Agora, se você me der licença, eu tenho um compromisso em alguns minutos."

"Ah, claro. Obrigado pelo seu tempo."

Julia se levantou e estendeu a mão para um aperto de mão antes de sair.

"Mais uma coisa", acrescentou Catherine. "Meus outros amigos nem sempre jogam legalmente. Então, se você quer continuar trabalhando para mim, precisa estar seguro."

"Tenho certeza."

Catherine acenou com a cabeça.

"Eu pensei que sim. Vamos manter contato. E nós retornaremos em breve.".

CAPÍTULO 10

Uma semana depois.

Era terça-feira de manhã cedo.

Julia foi acordada por uma série de batidas na porta.

Ele saiu da cama, olhou brevemente no espelho e abriu a porta.

Para sua surpresa, era a secretária de Catherine segurando um pequeno pacote.

"Bom dia", disse a secretária com um sorriso radiante.

"Bom dia, entre."

A secretária entrou no pequeno apartamento com o pacote e Julia fechou a porta.

"Sinto muito incomodá-lo tão cedo", disse a secretária. "Estou ocupado o resto do dia, então essa foi a única vez que tive."

"Não se preocupe. Você quer um café ou uma bebida?" Julia perguntou.

"Estou bem, muito obrigada."

"Então, o que te traz aqui esta manhã?"

"Catherine entrou em contato com os organizadores do evento", respondeu o secretário. "Todo mundo adora o seu trabalho e acha que suas fotos serão bem-vindas".

"É uma ótima notícia. Eu adoraria participar."

"No entanto, há uma condição."

"O que é?" Julia perguntou.

"O evento da escravidão é exclusivo e eles não deixam nenhum estranho entrar. Portanto, você deve ter uma iniciação antes de poder tirar fotos lá."

As notícias acordaram Julia mais forte do que qualquer xícara de café.

"Que queres dizer?"

"Existe um processo de iniciação para novos membros. Disseram-me que não há maneira de contornar isso. Você precisa, se quiser continuar trabalhando para Catherine."

"Bem, o que essa iniciação exige? Algo extremo?"

"Muda sempre", respondeu o secretário. "Eu comecei há alguns anos e estava bem quieto. Mas para outras pessoas, uau. Eu não gostaria que fossem elas."

Julia de repente sentiu sua mente girar.

Ele queria o trabalho mais do que tudo, e não queria decepcionar Catherine ao recusar.

"Diga a Catherine que eu vou", disse Julia.

A secretária sorriu e colocou o pacote em uma mesa próxima.

"Ela sabia que você estaria interessado. Isso é para você."

"O que é?"

"Abra e você verá."

Julia levantou a tampa da embalagem e viu uma máscara de ouro em um fino pano preto.

A máscara era elegante e semelhante à usada por Catherine em cada sessão de escravidão.

"Para que serve isto?" Julia perguntou, enquanto pegava a máscara para examiná-la.

"Você terá que usá-la para o evento. Ela é do mesmo tipo que Catherine, o que fará as pessoas saberem que você é sua convidada e submissa."

Julia continuou a olhar para ele.

"É uma máscara bonita."

"Certamente é. Há também uma roupa no pacote. Você terá que usá-la. Nada mais, exceto os saltos."

Julia levantou o fino pano preto da embalagem.

Foi completamente transparente.

"Não tenho permissão para usar mais nada por baixo?" Julia perguntou.

"Não, nada. O evento começa às sete da tarde de sábado. Um motorista virá buscá-lo às seis, portanto, esteja preparado. Você pode usar um casaco para cobrir seu corpo quando caminhar até o carro, mas tire-o uma vez. você chega ao evento. Não se esqueça de trazer a máscara e sua câmera ".

"Posso te perguntar uma pergunta pessoal?"

"Claro", respondeu a secretária.

"Você acha que eu posso continuar com isso? Quero dizer, na sua opinião, você acha que eu posso lidar com o que vai acontecer no evento?"

A secretária sorriu.

Só há uma maneira de descobrir. "

CAPÍTULO 11

Sábado á noite.

A porta do elevador se abriu e Julia caminhou rapidamente pelo corredor do prédio.

Ela estava de salto alto e um casaco grande.

Por baixo, ela usava o vestido preto transparente e nada mais.

Ele estava segurando o pacote com a máscara de ouro dentro e outra caixa contendo sua câmera.

Ela andou o mais rápido que pôde para que ninguém a visse.

Um carro preto estava esperando por ela, com o motorista segurando a porta aberta.

Quando ele entrou no carro, viu Catherine sentada no banco de trás.

Uma vez que Julia estava sentada, o motorista fechou a porta e se dirigiu ao destino.

"Você está linda nessa roupa", disse Catherine. "É bom ver você em algo um pouco mais sexy do que o que você normalmente veste."

"Obrigado. Você está ótima também."

Os olhos de Julia varreram o corpo de Catherine, que estava muito mais nu.

Catherine não tinha vergonha de estar sentada no carro usando apenas um vestido preto fino.

Todas as curvas de seu corpo eram totalmente visíveis, e seus grandes mamilos marrons podiam ser vistos através do material fino.

"Você parece um pouco nervoso", disse Catherine.

"Mais ou menos. Todo esse processo é bastante intimidador para mim. Ouvi dizer que há uma iniciação pela qual preciso passar."

Catherine sorriu.

"Você ouviu a coisa certa."

"Você pode pelo menos me dar uma idéia do que vai acontecer?" Julia perguntou timidamente.

- Receio que não, querida. Mas não se preocupe. Você está em boas mãos.

"Espero que sim. Deus, isso é um pouco assustador."

"Então por que você está aqui?" Catherine perguntou sem rodeios. "Qual é a verdadeira razão? Tem que ser mais do que curiosidade profissional. Admita, você é uma prostituta secreta."

"Eu não sou uma prostituta."

"Então talvez eu deva pedir ao motorista que vire este carro e leve-o de volta para o seu apartamento.

"Espere", Julia respondeu rapidamente. "Estou aqui porque gosto do que você faz. Acho emocionante. Quero continuar observando você."

"Você tem fantasias de se juntar? Você já pensou em ser espancada, forçada a usar um cinto com você dentro de algum dos seus buracos apertados?"

"Sim eu quero."

Um sorriso malicioso apareceu no rosto de Catherine.

"Claro. Eu sabia que você tinha potencial de envio desde o dia em que entrei no seu estúdio. Geralmente são as garotas quietas que se tornam as maiores vadias"

"Eu não sou uma prostituta."

"A iniciação deve cuidar disso. Lembre-se de que ninguém o força a estar aqui. Você pode ir quando quiser."

Um calafrio de medo e emoção foi enviado pela espinha de Julia.

Ele se perguntou a que Catherine se referia, mas Catherine simplesmente virou a cabeça com um leve sorriso e olhou pela janela do carro.

QUARTA PARTE
Dor e prazer

CAPÍTULO 12

Portões de segurança foram abertos e o carro foi autorizado a entrar na grande propriedade.

O carro parou em frente a uma mansão e as duas mulheres saíram dela.

"É aqui que colocamos nossas máscaras", disse Catherine. "E tire o casaco. Hora de mostrar aquele corpo bonito que você tem."

Julia tirou o casaco e jogou-o no carro.

Uma leve brisa de vento o lembrou de quão vulnerável ele era.

Ela sentiu o espaço entre as pernas formigar com o ar frio.

Seus mamilos rosados endureceram com uma segunda rodada de brisa.

Julia fechou as pernas com força, numa fraca tentativa de cobrir sua feminilidade.

As duas mulheres colocam suas máscaras douradas.

Julia enfiou a mão no carro e pegou sua câmera.

Eles fecharam as portas e o carro foi embora.

A entrada da mansão era guardada por dois homens robustos.

Eles também usavam máscaras e permaneceram em silêncio quando as duas mulheres se aproximaram deles.

"Senha, por favor", perguntou um dos seguranças mascarados.

"Toalha", respondeu Catherine.

"Senhoras podem prosseguir."

O guarda abriu a porta e eles entraram na mansão.

Julia ficou maravilhada com a peculiaridade do edifício.

Parecia que foi construído para uma família real.

Pinturas, decorações e objetos de coleção foram exibidos nas paredes.

A entrada pela qual eles entraram estava coberta por um grande tapete vermelho.

Eles caminharam por um grande salão.

"Você tem que esperar um pouco no quarto de hóspedes", disse Catherine. "Alguém estará procurando por você em breve."

Julia respirou fundo.

"OK."

"Você ficará bem. Acalme-se."

"Você pode me dizer o que vai acontecer?" Julia perguntou. "Eu ficaria menos nervoso se soubesse disso."

"Não. Espere na sala até que alguém o procure. Mantenha a máscara e deixe a câmera lá. Haverá tempo de sobra para tirar fotos mais tarde."

Catherine abriu a porta e fez sinal para Julia entrar na sala.

O quarto de hóspedes era simples, com alguns móveis de madeira.

Julia respirou fundo e entrou.

CAPÍTULO 13

Ele perdeu a noção do tempo que esperou.

Ela nunca tirou a máscara.

Depois de ficar entediada sentada e esperando, Julia ficou na frente de um espelho e se olhou.

A máscara era encantadora.

E ela não conseguia parar de pensar em como seus mamilos rosados e sua vagina eram visíveis através do tecido fino do vestido.

Ela se questionou e suas razões para estar lá.

Antes que eu pudesse pensar mais, houve uma batida na porta.

Uma mulher entrou, completamente nua, vestida apenas com uma máscara de ouro.

"Siga-me", disse a mulher nua em uma voz suave.

Julia a seguiu para fora da sala e eles desceram o corredor.

Ficou mais escuro.

Muitas luzes foram apagadas e havia um grande número de velas acesas em todas as direções.

Havia um grupo de pessoas mascaradas em pé no corredor.

Alguns estavam nus, outros estavam vestindo ternos.

Todos eles usavam máscaras.

Eles ficaram em círculo, com Catherine em pé no centro.

Catherine estava completamente nua, exceto pela máscara.

Foi a primeira vez que Julia viu o corpo completamente nu de Catherine.

Julia admirava sua figura tonificada e suas curvas voluptuosas com grandes mamilos marrons.

Julia foi conduzida ao centro do círculo, em pé diretamente na frente de Catherine.

Os outros convidados mascarados na sala permaneceram em silêncio.

"Bem-vinda Julia", disse Catherine. "O comitê decidiu admiti-la em nosso clube particular. Não foi uma decisão fácil, mas a qualidade de seu trabalho e sua discrição é o que permitiu sua entrada. No entanto, existem condições para essa aceitação. Gostaria de saber o que são?"

"Sim", Julia assentiu nervosamente.

"Primeiro, você deve experimentar a submissão sexual para o grupo ver. Segundo, devo usar quinze clipes de roupa em seu corpo durante o processo. Finalmente, você deve ter orgasmos pelo menos duas vezes na próxima hora. Todas as condições são obrigatório. Você pode aceitar ou sair ".

Julia respirou fundo.

"Concordo."

"Diga-nos por que você aceita. Por que você deseja que atos tão dolorosos e degradantes sejam feitos para você? Você é uma garota muito doce."

Julia pensou por um momento.

"Observar as sessões dela nos últimos dois meses abriu meus olhos para algo novo. Quero continuar fazendo parte disso".

"Mesmo que isso signifique ter que passar por essa iniciação?" Catherine perguntou.

"Sim."

"E o que isso faz de você?"

"Em uma prostituta".

Catherine acenou com a cabeça.

"Tire sua roupa. Mostre-nos seu corpo bonito."

Houve um calafrio na espinha de Julia.

Apesar das máscaras, Julia podia sentir todos os olhos na sala esperando em antecipação.

Ela colocou a roupa transparente nos pés e estava completamente nua.

Ela resistiu ao desejo de cruzar as pernas e permitiu que sua virilha barbeada permanecesse descoberta.

Ela também resistiu ao desejo de cobrir os seios pequenos e permitiu que seus mamilos rosados se destacassem.

Catherine deu um passo à frente e estava a poucos centímetros de Julia.

Ele estendeu a mão e tocou o pequeno peito de Julia, acariciando-o suavemente com a mão.

Ele circulou o mamilo rosa com o dedo e o apertou com força.

"Ohh ..." Julia ofegou.

"Estou te machucando?"

"Um pouco."

"Vamos parar então?"

Julia sabia que estava recebendo um ultimato sutil.

"Não. Por favor, não pare."

Catherine beliscou o mamilo ainda mais forte, fazendo Julia ofegar novamente.

"Você pode não gostar disso no começo. Mas você ..."

Uma mulher nua mascarada se aproximou deles segurando um travesseiro com uma pequena pilha de prendedores de roupa.

Catherine pegou um dos clipes, abriu e colocou no mamilo de Julia.

Lentamente, ele permitiu que o clipe apertasse o mamilo, pouco a pouco.

Catherine soltou o grampo que apertou seu mamilo com força, fazendo-a inchar.

"Dói muito", disse Julia com um desespero calmo.

"Você quer parar? As condições não são negociáveis."

"Quanto tempo o clipe estará lá?"

"Até você atingir o orgasmo duas vezes esta noite. Eu posso acelerar as coisas, se você quiser. Seria mais fácil para um iniciante como você."

"Por favor..."

Catherine pegou outro prendedor de roupa e o usou implacavelmente no outro mamilo de Julia.

"Ahhh ..." Julia gritou.

"São dois clipes até agora. Restam treze."

"Onde você vai colocá-los?" Julia perguntou, quase com medo.

Catherine se inclinou para a frente e sussurrou no ouvido de Julia.

"E seus lábios vaginais? Esse é o lugar tradicional para uma mulher. Você quer parar de sofrer ou se juntar ao nosso clube?"

Era o ponto de não retorno.

Julia se decidiu em um momento, mesmo quando seus mamilos doíam muito.

Seus mamilos, em vez de rosa, estavam ficando com um tom vermelho escuro.

"Eu me recuso a desistir."

"Então deite de costas. E abra as pernas."

Julia estava deitada de costas no chão acarpetado, com as pernas bem abertas.

Sua feminilidade estava totalmente exposta, esperando a dor dos clipes de roupa.

Catherine se ajoelhou e levou um tempo para examinar a boceta na frente dela.

Ela estudou e admirou.

Catherine pegou um clipe de roupa, abriu e levantou o lado esquerdo dos lábios de Julia.

"Isso pode doer um pouco", disse Catherine. "Você é uma mulher adulta. Então, aja como uma."

Com essas palavras de cautela, Catherine cruelmente soltou o clipe, fazendo-a repentinamente fechar os lábios, fazendo Julia gritar.

Catherine sorriu e pegou outro clipe, desta vez, gentilmente soltando-o nos lábios.

A pressão do segundo clipe fez com que os lábios mudassem de forma.

Catherine continuou o processo até o lado esquerdo dos lábios de Julia ficar coberto de prendedores de roupa.

"Como está sua boceta?" Perguntou Catherine.

Julia descansou a cabeça no tapete e lutou com a dor dos mamilos e lábios beliscados pelas presilhas de suas roupas.

"Me dói muito".

"Isso mostra que você é humano. Estou orgulhoso de você por durar tanto tempo. Sua iniciação é mais difícil do que a maioria porque sua experiência financeira não é a mesma que a nossa e você não tem histórico de escravidão."

"Entendi."

"Boa puta. A parte difícil está quase no fim."

Catherine pegou outro pedaço de roupa, desta vez colocando-o gentilmente nos lábios direitos de Julia.

Julia não recuou e gemeu.

Ela já havia se acostumado com a dor em suas áreas sexuais sensíveis.

O padrão continuou até que todos os clipes foram usados na boceta de Julia.

A vagina, uma vez fofa e atraente, de repente ficou deformada.

Os lábios vaginais se estendiam em diferentes direções, como argila.

Catherine olhou para a boceta rosa de Julia e viu que estava molhada.

"Você está pronta para o seu primeiro orgasmo", disse Catherine. "Não é assim?"

"Eu estou."

Catherine chicoteou o centro da boceta de Julia sem aviso.

O choque fez Julia gritar em uma rara combinação de dor e prazer.

A palmada na boceta de Julia continuou até as pontas dos dedos de Catherine serem cobertas com líquidos vaginóis.

"Você está encharcada, querida", disse Catherine. "Eu acho que você está pronta."

Com isso, Catherine inseriu dois dedos dentro de sua vagina e usou os dedos da outra mão para brincar com o clitóris de Julia.

Foi uma combinação poderosa.

Seus dedos eram hábeis em agradar sexualmente outras mulheres.

Com os dedos, estava sendo trabalhado de maneira particular e hábil.

Julia gemeu de prazer.

Ela não se importava mais com o grupo de pessoas mascaradas que a observavam.

Nesse ponto, tudo em que ela conseguia pensar era na sensação de queimação na vagina e nos mamilos.

Os dedos continuaram o trabalho frenético.

Catherine estava indo cada vez mais rápido com mais intensidade.

O corpo de Julia tremia.

Ela gemeu.

Catherine sentiu que Julia estava à beira de seu primeiro orgasmo, então ela trabalhou ainda mais, tocando sua buceta quente.

Julia torceu, gemeu e arqueava as costas.

Julia soltou um grito alto e seus dedos se curvaram, depois seu corpo relaxou.

"Esse é o primeiro orgasmo até agora", Catherine sorriu, olhando para os dedos que estavam cobertos de suco de buceta. "Agora é a hora do orgasmo número dois. Mas isso será um pouco mais difícil. Você pode largá-lo quando quiser. Pronto?"

"Sim."

Catherine estalou os dedos e duas mulheres nuas mascaradas vieram e enrolaram tiras de couro em volta das mãos e tornozelos de Julia.

Eles guiaram Julia por aí, para que ela estivesse de joelhos.

Eles estenderam as mãos e os tornozelos de Julia e os prenderam em ganchos no chão.

Julia estava de bruços, completamente amarrada e desamparada.

"Seu teste final é de dezoito centímetros em sua bunda. Não se preocupe, gatinha, vou usar muita lubrificação para você."

Os olhos de Julia se arregalaram.

As amarras nos pulsos e tornozelos estavam apertadas, e ela não tinha para onde ir, a menos que decidisse desistir, o que acabaria permanentemente com seu relacionamento com Catherine.

Ele se recusou a desistir, mesmo quando sentiu os dedos de Catherine empurrando dentro de seu traseiro.

Os dedos estavam cobertos de lubrificação espessa.

Os dedos sondaram seu pequeno ânus o máximo que podiam.

Catherine não foi muito gentil.

Para ela, era tudo negócio.

Então, Julia simplesmente colocou o rosto mascarado no chão e aceitou a penetração do dedo na bunda dela.

"Vou usar a alça com o pênis que você me viu usar tantas vezes nos meus submissos", disse Catherine, inclinando-se sobre o corpo de Julia. "Vou ser lento no começo, mas espero que você acompanhe meu ritmo mais tarde."

Naquela época, Julia tinha lembranças de todos os homens mascarados que haviam sido fodidos analmente pela variedade de cintos diferentes de Catherine.

Julia imaginou estar no papel de submissa tantas vezes antes.

Mas ela nunca imaginou o que realmente aconteceria com ela.

A ponta do cinto pressionou com força o ânus de Julia.

Catherine usou as mãos para separar as nádegas de Julia, permitindo que o objeto sexual penetrasse no pequeno buraco.

Julia gemeu alto quando o objeto entrou em seu corpo.

Lentamente, ele entrou no reto dela.

Ela fechou as mãos com força e cerrou os dentes.

Quando o objeto continuou a lenta jornada em sua bunda, ela abriu a boca e soltou um gemido.

Ele continuou até a virilha de Catherine apertar contra sua bunda.

"Garota corajosa", disse Catherine no ouvido de Julia. "A maioria das pessoas já teria desistido. Você não. Você está quase terminando. Isso vai se sentir bem em um momento."

Catherine retirou-se lentamente do reto de Julia, depois deu um empurrão gentil, empurrando-o para dentro mais uma vez.

Ele usou o ritmo lentamente, de acordo com a tensão de Julia.

Cada empurrão fazia Julia gemer.

Julia olhou ao redor da sala enquanto ela estava sendo sodomizada.

Os convidados mascarados estavam em silêncio e assistindo o show.

Ele se perguntou o que eles pensariam dela.

Ele se perguntou se eles estavam animados.

Ele se perguntou se eles queriam entrar na bunda dele também.

O impulso dentro da bunda de Julia continuou.

A dor logo se juntou ao prazer.

Seus mamilos e sua boceta ainda doem muito com os clipes em suas roupas.

A dor continuou a crescer, mas o prazer também acreditava com intensidade igual ou maior.

Seu ânus ainda doía com o brinquedo sexual de quinze centímetros, e ele não estava completamente acostumado.

Mas havia um estranho prazer crescendo dentro dela.

Ser fodido analmente para todos verem foi emocionante.

Foi sensacional.

As investidas se tornaram mais rápidas e mais profundas.

Catherine mostrou menos piedade e menos ternura e realmente começou a ser dura com Julia.

Julia estava sendo tratada como qualquer submissa de Catherine, o que foi um elogio a Julia.

Isso significava que Catherine sabia que Julia era forte e digna o suficiente para receber punição anal.

"Eu posso sentir seu orgasmo se aproximando", disse Catherine, enquanto empurrava. "Venha para mim, querida. Faça isso e entre para o nosso clube."

"Estou tentando", ofegou Julia.

"Talvez isso ajude, gatinha."

Catherine chegou por baixo e começou a brincar com o clitóris de Julia, enquanto a sodomizava.

A sexualidade de Julia estava sendo agredida por todos os lados.

Seus mamilos doíam.

Seus lábios doíam.

Seu ânus e reto estavam sendo brutalmente espancados.

Agora seu clitóris sensível estava sendo massageado.

"Oh, meu Deus!!!" Julia gemeu.

As costas da jovem se arquearam violentamente, e suas mãos e pés se apertaram com toda a força.

Fluidos saíram de sua vagina e cobriram o chão.

Pela segunda vez, ele correu na frente de todos mais uma vez.

"Parabéns", disse Catherine, esfregando os cabelos de Julia. "Você agora é um membro do nosso clube."

Catherine puxou lentamente o brinquedo sexual da bunda de Julia e se levantou.

Ela olhou para Julia no chão.

Julia estava sexualmente exausta no momento e lentamente voltou a si mesma.

As outras mulheres mascaradas vieram desamarrar Julia, removendo os grampos de seus mamilos e boceta.

Julia se levantou e os outros convidados mascarados na sala aplaudiram seu novo membro.

EPÍLOGO

Seis meses depois.

Julia estava usando um lindo vestido enquanto esperava no elevador.

Ela estava segurando um grande envelope amarelo.

Quando chegou ao apartamento, cumprimentou a secretária com um sorriso familiar.

Então ele entrou no escritório de Catherine.

As piadas foram trocadas e Catherine abriu o envelope para olhar as imagens recém-reveladas quando os dois se sentaram.

"Você se superou", disse Catherine, olhando as fotos. "Trabalho requintado. Os ângulos da câmera, a iluminação, o clima. São perfeitos. Nossos amigos do clube vão adorar."

"Obrigado. Espero que você goste."

"É uma pena que essas imagens tenham que permanecer privadas. Seu talento como fotógrafo deve ser reconhecido por muito mais pessoas".

"Seu reconhecimento é suficiente", disse Julia corajosamente.

Catherine sorriu.

"Que menina doce."

"Vi meu cheque colocado na mesa da secretária. Tenho certeza de que é outro pagamento generoso, pelo qual sou muito grato. Mas hoje eu esperava algo um pouco mais ... extra ..."

Catherine se abaixou em seu escritório para tirar a calcinha de baixo da saia.

"Muito bem. Você tem trinta minutos antes da minha próxima reunião."

"Obrigado."

Julia se aproximou da mesa informalmente.

Ela tentou esconder sua impaciência, mas ambos sabiam como Julia realmente se sentia.

Catherine abriu as pernas e viu Julia cair de joelhos.

O limite era de trinta minutos, então Julia não perdeu tempo e começou a comer a vagina de sua Senhora Dominante até chegar ao ponto do orgasmo.

FIM

EXECUTIVA MUITO DOMINANTE E QUENTE
DE
ERIKA SANDERS

CAPÍTULO 1

Há momentos em sua vida em que você está no limite.

Parece que seu estômago está sendo esmagado por uma manada de elefantes, e você não tem certeza se acordar de manhã é a melhor coisa para você.

Atualmente, estou nessa circunstância.

É como se eu estivesse à beira de um penhasco.

Olho com medo para as pedras irregulares abaixo e rezo por uma bóia salva-vidas.

Dói-me ainda mais saber que é provável que leve muitas pessoas boas à minha frente.

Pessoas que não têm idéia de que estão balançando à beira do mesmo precipício.

Sorri e acenei para Janeth, nossa secretária, quando ela passou por sua mesa.

Passei semanas convencendo-a a deixar sua posição segura e bem financiada em um escritório de advocacia e vir conosco.

Promessas de opções de ações e riqueza além de seus sonhos finalmente a convenceram a correr o risco.

Ela era maravilhosamente organizada, alguém de que precisávamos profundamente.

Se você checasse sua mesa, poderia ter certeza de que tudo seria arrumado e sem rachaduras.

Meu coração parou por um momento quando vi as fotos de seus três filhos no canto de sua mesa.

Uma mãe solteira com todos os testes que o acompanham.

E eu estou levando ela e seus filhos do penhasco.

Eu estava me sentindo doente de novo.

Entrei no meu escritório, bem, mais como um cúbico no centro do plano de escritório aberto.

Eu poderia revisar toda a empresa daqui.

Apenas me sentei e fiz uma revisão de trezentos e sessenta graus para ver todo mundo trabalhando duro.

Eu me sentei e me escondi.

Tudo vai entrar em colapso na segunda-feira.

Eu não tinha certeza se poderia pagar a folha de pagamento.

O estresse me bate em uma onda.

Eu rapidamente parei para olhar para minha lata de lixo e joguei meu café da manhã.

Janeth correu enquanto ele estava ocupado fechando o forro de plástico.

"Você está bem, Sr. Carrington?" ela perguntou com preocupação maternal.

'Não, eu vou me atirar de um penhasco depois de atropelá-los', pensei comigo mesma.

"Havia algo errado com meu café da manhã", eu menti.

"Há algum tipo de gripe por aí", acrescentou Janeth, "talvez você deva tirar um dia de folga e ficar boa".

A idéia de se esconder em casa era muito atraente, mas não havia nada que ele pudesse fazer em casa.

Eu precisava de mais capital de investimento para ontem.

Todos os meus canais normais haviam secado.

"Não, eu vou ficar bem", eu disse, "vou lavar isso um pouco e voltarei."

Ela tentou não respirar enquanto passava a lata de lixo em minhas mãos.

O olhar preocupado de Janeth era difícil de ignorar.

Ela, de todas as pessoas, tinha uma imagem mais próxima da condição da empresa, mas não sabia que um empréstimo de meio milhão de dólares seria devido na segunda-feira.

Ela sabia, no entanto, que eu e o banco recebemos algumas chamadas acaloradas.

'Não há extensão' foi a última palavra.

Não foi preciso um leitor de mentes para perceber que algo estava errado.

Ele teve uma reunião bastante delicada com um capitalista de risco em uma hora.

Foi um tiro aleatório, mas ele precisava atirar em algum lugar.

Nesse ponto, ele estava disposto a trocar qualquer coisa com qualquer pessoa que estivesse disposta a sustentar as finanças.

Eu só precisava de tempo.

Restam apenas seis meses para um bom fluxo de caixa.

Passei por Ralph Seams e suas muitas telas de código-fonte.

O homem viveu em um mundo binário.

Carregá-lo conosco foi uma das minhas melhores vitórias.

Ele não tinha ideia de como poderia lidar com quatro telas planas cheias de bobagens, mas sua mágica sempre parecia funcionar.

Mal cheguei ao banheiro quando me lembrei de seu carro novo, de sua nova casa e de sua nova esposa.

Revolucionou minha bílis da maneira mais dolorosa.

Eu mereci a dor.

Deveria ter doído mais.

O navio estava afundando e eu tinha esquecido de comprar botes salva-vidas.

Levei alguns minutos para recuperar minha compostura.

Lavei meu rosto e fiquei chocado com meus olhos vermelhos sem sono.

Ele estava a um passo de ser um extra de um capítulo de 'The Walking Dead'.

Não admira que Janeth tenha pensado que estava gripada.

Lavei minha boca algumas dúzias de vezes e alisei meu cabelo.

O homem no espelho parecia dez anos mais velho que um mês atrás.

Respirei fundo duas vezes e reduzi minha frequência cardíaca a um nível gerenciável.

Eu era o capitão deste navio afundando.

Eu precisava manter isso junto.

Era minha confiança que todos precisavam ver.

Era o que ele tinha que refletir quando tentava impressionar na próxima reunião.

Ele queria que eu voltasse a ser a mesma.

A força motriz que juntara isso não tinha medo.

Eu coloquei o inevitável no fundo da minha mente.

Era apenas quarta-feira e havia tempo de sobra para consertar um desastre de meio milhão de dólares.

Depois de sacudir uma manhã de auto-aversão, saí bravamente do banheiro.

Ele tinha sorrisos para todos.

CAPÍTULO 2

Quando Virginia Buttingson entrou no escritório, o barulho normal do local passou ao silêncio.

Ela era uma mulher imponente e controlava um grande número de dólares em capital de risco.

Ela estava vestida para conquistar uma saia azul marinho magrela e uma elegante blusa branca com um lenço vermelho.

Ele usava um cinto de couro com anéis entrelaçados e amarrava a roupa em um paletó azul marinho inclinado.

Seus meticulosos cabelos castanhos estavam no meio de um cacho, separados do rosto e mantidos atrás dos ombros com um pequeno laço azul marinho.

Batom vermelho forte e rímel escuro dão a ela uma aparência exigente.

Ele parecia estar na casa dos quarenta.

Seus olhos afiados pareciam criticar todos os cantos do escritório.

Atrás da sra. Buttingson havia três indivíduos com a aparência típica de advogados: todos homens e todos de terno preto.

Eles estavam quase bloqueando o corredor, então foram levados à sala de conferências.

Respirei fundo e trouxe meu lutador de negócios à superfície.

Eu realmente senti que tinha dois caras de terno atrás de mim andando por aí, então não me senti tão em menor número.

As apresentações foram tranqüilas e entrei em uma exposição de gatos e cães.

Expus por trinta minutos para promover a viabilidade de nossa solução de software baseada em nuvem.

Ele tinha todos os números e gráficos em mente, além de diversos dados de marketing, estruturas de custos maravilhosamente desenvolvidas e uma lista de parceiros de nível A.

Eu estava prestes a entrar em uma demonstração do software real quando fui subitamente parado.

"Você não está me dizendo nada que não saiba", disse Buttingson sem rodeios.

Eu estava esperando ela continuar, possivelmente me dizendo o que eu queria saber.

Em vez disso, recebi um silêncio mortal, e seus olhos fortes se encheram de buracos na minha confiança anterior.

"Que informações adicionais você procura, senhorita Buttingson?" Eu perguntei a ele da melhor maneira possível.

Eu mantive meu rosto firme, querendo que ela visse que nada que ela pudesse dizer ou fazer me perturbaria.

"O nível de desespero dele", ela respondeu rapidamente.

Seus olhos nunca deixaram os meus e não havia humor em seus lábios.

Ela tinha me ensopado.

"Não tenho certeza de que sei o que você quer dizer", respondi, tentando me manter firme.

As visões do meu café da manhã no lixo podem me atingir novamente.

"Podemos ter um momento em particular?" Era uma ordem para seus três tons de terno preto.

Eles se levantaram como um e saíram da sala.

Quando a porta se fechou atrás deles, a atenção deles voltou para mim.

"Na segunda-feira, você sestará terminado. Você virá aqui e dirá a todas essas pessoas que confiam em você que você está de brincadeira. Meus contadores me dizem que você nem será capaz de fazer a folha de pagamento final."

Meu estômago enviou um pouco de bile.

Eu a afoguei novamente.

"Eu não sei de onde ela obtém suas informações, mas ..." Comecei a defender a empresa, mas ela me parou com a mão levantada.

"Não me dê uma desculpa de merda." Ele parecia conhecer meus problemas em detalhes. "Mas eu posso fazer com que tudo desapareça. Você dormirá bem à noite e essas pessoas não o considerarão desprezível pelas solas dos sapatos. Só temos que chegar a um acordo".

Porra, eu não estava pronta para isso.

Ela sabia que tinha me preso e estava prestes a ser fodido por capital.

Eu nunca me senti tão minúsculo na minha vida.

Eu me endireitei e me coloquei em guarda.

"Que tem em mente?"

Ele não ia perder mais tempo tentando colocar maquiagem mais.

Ela já sabia que estava nadando no escuro.

"Eu tenho duas opções para você, nenhuma das quais você vai gostar", afirmou ele com determinação. "Na primeira opção, espero até segunda-feira, quando o banco solicita seu empréstimo e coleciono os pedaços do que resta da empresa. Acho que você tem um bom produto aqui e deve conseguir rentabilidade dentro de seis a doze Meses. Posso cortar os salários dos funcionários que são úteis para mim e demitir os que são excedentes para mim. Não seria uma vitória, pois todos culparão você pelo desastre. "

Eu esperava um sorriso maligno, mas só vi o mesmo rosto de negócios.

Ele a odiava por ter dinheiro para ser tão cruel.

"Isso seria muito desagradável", eu disse com firmeza.

Agora eu recebi um sorriso.

Ela não era má, era vencedora.

Eu acho que ela estava gostando do meu desespero, mas ela queria me dar uma saída.

Não tive que esperar muito pela opção dois.

"Na segunda opção, assino e concedo seu empréstimo e dou a ele mais quinhentos mil em capital de giro".

O sorriso dela aumentou.

Até agora, eu estava com ela nessa opção.

Eu estava esperando a parte "chantagem".

"Em troca, tenho quarenta e nove por cento das ações e ..." Ele fez uma pausa e abaixou a voz, "algumas considerações adicionais".

Você poderia viver com a perda de ações.

Ela realmente não tinha escolha e ficou surpresa por não querer controlar o interesse da empresa.

O capital restante, 51%, foi uma agradável surpresa, mas as "considerações adicionais" pareciam quase ilegais.

Eu me esquivei de leis, mas não era a favor de quebrá-las.

"Defina 'considerações adicionais'", perguntei em um tom menos autoritário.

Ela se levantou e caminhou em minha direção de uma maneira não profissional.

O sorriso dela passou de vitorioso para cruel e juntou-se aos olhos dela.

"Homens como você me intrigam." Ela moveu o rosto desconfortavelmente perto do meu. "Você é inteligente, motivado e adora estar no comando. É o que acabará por levar ao sucesso da sua empresa. Gosto de lidar com homens como você. Não nos negócios, mas em particular."

Ele fez uma pausa e eu engoli em seco.

Seus calcanhares fizeram seus olhos se nivelarem com os meus, dificultando a tentativa de se sentir superior.

"Eu te dou o que você quer e eu pego o que eu quero."

Ele se virou de repente, voltou ao seu lugar e sentou-se.

Notei que ele deixava um leve perfume almiscarado em seu rastro.

"Em privado?"

Eu queria que isso ficasse claro.

Ele não tinha certeza do que esperava, mas tinha que ser melhor do que dizer a Janeth que ela estava desempregada.

"Muito particular."

Seu sorriso e seus olhos se suavizaram.

Eles foram quase convidativos.

"Eu não posso prometer que você gosta, mas eu vou."

Eu não podia acreditar que estava considerando isso.

Ela não era mais dura com os olhos e não era tão velha assim.

Ela não podia me levar mais de dez anos comigo.

"O que seria esperado de mim?" Eu perguntei por.

Eu ainda estava engolindo em seco.

Ele não estava acostumado a estar tão fora de controle.

Talvez a falência seria melhor que isso.

O sorriso dela se tornou lascivo.

"Você será minha cadela obediente", ele disse e deu de ombros. "Algumas vezes por ano, até que eu esteja entediado com você. Os outros negócios permanecerão intactos quando eu terminar com você."

A palavra 'cadela' ressoou em minha mente.

"Você me obedecerá plenamente por vinte e quatro horas; nenhum dano físico permanente ocorrerá, mas apenas meu prazer será importante."

CAPÍTULO 3

"Não tenho certeza se posso fazer isso."

Tive a ideia de tentar um pouco de negociação, talvez tentar estabelecer alguns limites.

"É tudo ou nada, Sr. Carrington. Troque um pouco de orgulho pessoal comigo e seu orgulho público permanecerá intacto."

Ela não estava deixando nada aberto para negociação.

Eu estava ferrado de qualquer maneira.

"Preciso de uma decisão. Não estou interessado se você não estiver totalmente comprometido."

Ele não tinha muitas opções e também não tinha tempo.

Imaginei-me encarando a vergonha da falência e falhando com meus funcionários.

O tempo e o capital de giro oferecidos ofereciam a empresa brilhar como nunca antes.

Eu poderia ser prostituta por vinte e quatro horas.

Eu sou viciado em sucesso.

"Acordo feito", foi tudo o que eu disse.

"Tudo bem", disse ele, e olhou em sua pasta: "Aqui está uma chave com meu endereço em anexo. Estará lá neste sábado às 9:00. Ninguém mais deve conhecer essa parte do nosso acordo". Ela me deu aquele sorriso caloroso e convidativo novamente. "Vamos chamar os meninos para revisar a papelada."

Peguei a chave e coloquei no meu bolso.

Fiquei chocado ao descobrir que a sra. Buttingson havia esclarecido tudo nos documentos.

Ela poderia exercer o direito de deixar tudo, sem dar qualquer motivo, na próxima segunda-feira.

De repente, senti que eles estavam segurando minha mão.

E com os outros na sala, nossa conversa foi menos franca.

"Eu só tenho que ter o fim de semana para considerar as opções", disse ele, "preciso garantir que ambos possamos cumprir nossos compromissos".

"Como isso protege meus interesses?" Respondi: "Pretendo implementar integralmente todos os termos do contrato, verbais e escritos. Não tenho garantia de que fará o mesmo".

Eu não tinha ideia de como criar a confiança necessária para nos tornar felizes.

Depois deste final de semana, podíamos ter a confiança necessária, mas hoje havia pouco disso.

"Vou conceder seu empréstimo por um mês de boa fé, sem compromisso", respondeu ela.

"Aceitaram." Eu sorri.

Talvez não valha a pena aguentar o fim de semana dele por mais um mês, mas pelo menos isso me deu tempo para encontrar outra solução, se tudo isso desmoronasse.

Fiquei espantado com a rapidez com que ela conseguiu conceder o empréstimo com apenas um telefonema.

Eu estava tentando há quatro meses, implorando com ouvidos surdos.

Uma ligação dela e eu tivemos mais trinta dias.

Você tem que respeitar ou odiar esse tipo de poder.

E entrei na prostituição alguns minutos depois.

Não estava escrito nos acordos, mas estava sobre mim como uma bigorna.

Eu era dela ou teria a possibilidade de ser espancada até a morte pelas pessoas que me arrastaram para a ruína.

Tirei um peso de mim, mas outro tomou o seu lugar.

Nos despedimos com toda a cordialidade de sermos novos parceiros de negócios.

Minha empresa sobreviveria enquanto eu pudesse aceitar seus termos.

CAPÍTULO 4

O sábado chegou muito mais rápido do que eu gostaria.

Como alguém se prepara para ser uma 'cadela obediente'?

Eu não tinha ideia de que já havia procurado esse tipo de empresa antes.

Esse tipo de empresa estava frustrado com minha ternura e preliminares.

Eu sempre acho que as mulheres são mais frágeis do que realmente são.

Quero dizer, eu gosto de levá-los para casa tanto quanto qualquer cara.

Eu só preciso da sua permissão primeiro.

Tomei banho, me barbeei e cortei um excesso de cabelo.

Usei uma quantidade considerável de desodorante e me joguei um pouco depois de me barbear.

Pelo menos não cheiraria mal.

Eu não tinha ideia do que vestir.

Eu decidi por roupas de negócios casuais.

Era bom para a maioria das ocasiões e ocupava oitenta por cento do meu guarda-roupa.

Os outros vinte por cento consistiam em jeans e camisetas.

* * *

Parei na casa dele esperando encontrar uma grande mansão e descobri algo muito menos ostensivo.

Era uma casa de tijolos simples, de estilo colonial, de dois andares.

Tinha quatro colunas de dois andares que sustentavam o teto sobre a varanda.

Um gramado bem cuidado e vasos de cimento cheios de flores faziam com que parecesse limpo.

As árvores tinham idade avançada e proporcionavam uma vista agradável da casa.

Estacionei na garagem e toquei a campainha.

A sra. Buttingson abriu a porta para mim com um sorriso agradável.

"Ok, você chegou um pouco cedo. Por favor, entre" ele disse enquanto abria a porta.

O hall de entrada era composto de dois andares com um lustre gigante pendurado no teto.

Tinha centenas de cristais multifacetados que refletiam a luz da manhã.

O chão parecia ser feito de uma única folha de mármore, toda branca com veias negras que não se quebravam de parede a parede.

Tudo parecia brilhante de uma maneira rica.

Até os quadros que sustentavam o trabalho obviamente caro eram perfeitamente combinados com a sensação da sala.

Uma linda escada de madeira levava ao segundo andar.

A única coisa que parecia fora de lugar era uma grande cesta de vime vazia ao lado da porta da frente.

"Nervoso?" ela perguntou.

"Apreensivo", respondi.

Seus lábios estavam tão vermelhos quanto no nosso primeiro encontro.

A cor do batom dela colidiu aproximadamente com a pele pálida.

Ela juntou os cabelos em uma única trança que corria para o meio das costas.

"Poderosamente atraente" veio à minha mente.

"Não fique. Vou lhe dizer o que quero. Não pense, apenas faça." Ela estava me dando aquele sorriso amigável novamente. "É uma coisa de controle, eu gosto de controlar os controladores."

Agora ele estava nervoso.

"Temos palavras seguras, ou algo assim?"

Ele fez uma pequena pesquisa sobre dominância.

Eu pensei que era para onde ela estava indo, e acabei de confirmar isso.

"Toda vez que você sente que é demais, pode sair sem problemas", disse ele sem sorrir, "mas é claro que isso anularia nossos acordos".

Eu sorri com a situação.

Às vezes você apenas tem que entrar nos buracos que cavou.

Você só precisa fazer isso com confiança.

"Eu acho que sou toda sua", eu disse com um encolher de ombros.

"Eu adoraria tirar esse sorriso do seu rosto", ela revelou.

Seu sorriso agora era maior que o meu e não era mais amigável.

Eu forcei o meu a aumentá-lo.

Vamos ver o quanto de mim pode mudar.

Ela riu da minha luta de sorriso.

"Eu sabia que seria divertido."

O grande relógio no topo da escada começou a bater a hora.

"Quero todas as suas coisas nessa cesta. É onde elas devem estar até você ir", disse ele, apontando para a cesta de vime.

Estava em sua posse agora e era uma ordem.

Fácil, pensei.

Deixei minhas chaves, telefone, relógio e carteira na cesta e me virei para olhá-la.

"Eu disse todas as suas coisas, vadia!" Ela pediu.

Seu tom me pegou de surpresa.

Por alguma razão, pensei que isso seria um pouco mais cordial.

Cerrei os dentes quando percebi que ele estava se referindo às minhas roupas.

Eu sabia que chegaríamos a isso a tempo, mas estava pensando no quarto ou algo assim.

Coloquei a camisa polo sobre minha cabeça e a joguei na cesta.

Fiquei desconfortável por ele ter se movido tão rápido para fazer sua exigência.

Reduzi a um ritmo mais lento: o meu ritmo.

Ajoelhei-me e desamarrei casualmente meu sapato.

Ouvi o zumbido antes de sentir uma pontada aguda nas minhas costas nuas.

"Merda!" Eu gritei, mais de surpresa que de dor.

"Mais rápido, você está no meu poder, vadia!" ela corrigiu.

Eu olhei para o rosto de um demônio.

Os mesmos lábios vermelhos, simplesmente enrugaram em uma expressão do mal.

Na mão, um cavalo equestre preto com cerca de dois pés de comprimento.

No final, havia um pedaço de couro amarrado.

Foi nesse ponto que eu realmente comecei a questionar a sanidade do acordo que havia alcançado.

O relógio nem terminara o nono toque e estava com sérias reservas.

Eu tinha perdido o meu sorriso.

"E não haverá mais explosões repugnantes da sua boca", continuou ele, "você me chamará de amante. Você entende?"

Eu tinha uma visão na minha cabeça para me levantar e bater meu punho naqueles deliciosos lábios vermelhos.

Mas vi Janeth chorando e Ralph tentando consolar sua nova esposa.

Meu estômago revirou.

"Sim", eu disse baixinho e acelerei a roupa.

O clique foi mais alto e eu estremeci antes de me atingir.

Eu segurei uma tempestade de palavrões e soltei um pequeno rosnado.

"Sim que?" exigido.

Foi submissão total.

Era contra tudo no meu ser.

Vinte e quatro horas?

Eu não tinha certeza do que aconteceria no primeiro minuto.

"Sim, senhora", eu disse baixinho.

Eu rapidamente joguei meus sapatos e meias na cesta e me levantei para tirar minhas calças.

O sorriso dela voltou.

De volta ao sorriso caloroso e acolhedor.

Droga, ele a agradara.

Eu a preferi irritante.

Ele estava com raiva e era justo que ela também sofresse.

Tirei minhas boxers e calças em um movimento.

Eu não os coloquei na cesta.

Em vez disso, joguei-os fora com uma atitude de nojo.

Eu não precisava gostar disso.

A cesta derrapou alguns centímetros à força.

Eu recebi um sorriso sarcástico.

Eu não tinha certeza se era por causa da minha atitude ou do fato de que meu pau agora exposto não mostrava muito interesse na situação.

"De joelhos!" exigido.

Eu rapidamente caí no chão, o mármore frio esmagando meus joelhos.

Eu mantive minha expressão de nojo e parecia desafiador, tanto quanto um homem nu podia, em seus olhos.

"Olhar para baixo!" ela pediu.

Dessa vez eu me mudei devagar.

Eu me certifiquei antes de lhe dar um olhar ameaçador enquanto meus olhos se moviam para os dela, descendo pelo peito, passando pela pélvis e descendo até os pés.

Ela era muito magra e em forma para quarenta.

"Vadia de quarenta anos", eu me corrigi.

Ele se inclinou ao lado do meu ouvido.

"Fique assim. Enquanto me preparo, pense em um bom pedido de desculpas com a cesta pelo que aconteceu", ele sussurrou alto.

Seu hálito quente enviou um calafrio pela minha espinha.

Suas palavras enviaram fúria através do meu sangue.

Droga, se vou pedir desculpas por uma cesta.

Ela foi em direção às escadas.

CAPÍTULO 5

A raposa me deixou ali, ajoelhada no mármore frio, por quinze minutos.

Eu sabia, porque trapaceei olhando o relógio no topo da escada.

Eu tive que mostrar minha rebelião onde podia.

Restavam apenas vinte e três e três quartos.

Minha cabeça estava abaixada, mas meus olhos secretamente se filtraram para cima quando o demônio desceu as escadas.

Eu estava esperando algum tipo de roupa preta de látex com salto alto e pontudo.

Mas não esperava o que estava descendo as escadas.

Ela estava completamente nua.

Nada, nem jóias ou decorações.

Sua mão ainda segurava o chicote amaldiçoado com confiança.

Eu amaldiçoei meu pau quando ele começou a responder aos seus seios saltando um pouco a cada passo que eu dava.

Ela estava subindo as escadas, mostrando claramente o resultado de qualquer programa de exercícios que ela executou também.

"Cadela, cadela, cadela", corrigi meu cérebro.

Meu pau me ignorou como um traidor viscoso.

Ela ficou na minha frente, minha cabeça apontando para seus pés, meus olhos examinando entre suas pernas.

Ele me odiava por querer ver.

Lá estava, a cinquenta centímetros de distância, uma fenda sem pêlos, nua como no dia em que ele nasceu.

Engoli em seco antes de babar e forçar meus olhos de volta ao chão.

Vadia, vadia, vadia. E fodendo meu pau traiçoeiro.

"Seu pedido de desculpas?" Parecia uma pergunta, mas eu sabia que era uma ordem.

Eu tinha esquecido completamente de inventar um.

É apenas uma cesta de merda.

"Desculpe cesta", murmurei.

Ele não podia acreditar o quão embaraçoso era dizer isso.

O clique me avisou mais uma vez o que estava por vir.

"Isso ... não ... parece ... sincero!"

Ele enfatizou cada palavra com um chicote do chicote na minha coxa e lateral.

Um de cada vez era administrável.

Involuntariamente enruguei os olhos e mal apreciei a enxurrada de socos.

Visões de agarrar a coisa de sua mão e chicotear através de seu corpo inundaram meu cérebro.

Por que eu concordo com isso?

Ele fez uma pausa, presumi que ele me deixaria tentar novamente.

Eu deixei meus olhos subirem um pouco, mais para ver se outro golpe estava chegando.

O que vi foi algo brilhando nos lábios da vagina.

Minha dor a excitou.

Foi uma perda ou uma perda, não importa como eu reagisse.

"Sinto muito, senhora Basket. Nunca mais a desrespeitarei."

Puxei-o do topo da minha cabeça e soletrei-o claramente.

A bruxa se agachou no meu nível.

Eu observei brevemente como seus lábios inferiores se separaram e mostraram a flor rosa molhada.

Ele levantou meu queixo e forçou meus olhos aos dela.

"Eu acredito em você", disse ele com aquele sorriso amoroso.

Porra, eu a fiz feliz novamente.

E aqueles malditos lábios vermelhos brilhantes estavam a centímetros dos meus.

Eu os queria entre os dentes para poder morder e ver se o sangue deles era tão vermelho.

Eu tinha certeza que minha raiva era evidente no meu rosto.

Seu sorriso aumentou quando seus olhos caíram entre as minhas pernas.

Meu pau decidiu ignorar minha raiva e apreciar sua nudez.

"Toque isso e eu lhe mostrarei a verdadeira raiva", ela enfatizou com os lábios vermelhos.

Ela enfatizou seu argumento tocando levemente minha ereção com a ponta de couro do chicote.

Estremeci com as implicações.

Meu pau traiçoeiro mudou com a atenção.

Foda-se, era tudo que eu conseguia pensar.

Ela se levantou enquanto inclinava minha cabeça no chão.

Meus olhos voltaram a seus pés, notando que suas unhas estavam impecavelmente pintadas com um verniz vermelho brilhante.

"Siga-me", ele me ordenou e se dirigiu para as escadas.

"Sim senhora", eu disse sem pensar.

Fechei minhas mãos em punhos para me punir por me apaixonar por seu jogo.

Minhas pernas doíam quando me levantei.

Eles realmente não gostaram da posição ajoelhada e reclamaram até que eu consegui endireitá-los novamente.

Subindo as escadas, consegui fazer o sangue fluir através deles e recuperar o vigor.

Eu a segui por trás, subindo os degraus inquietamente.

Imaginei situações com algum tipo de câmara de tortura.

E ver sua bunda apertada não estava ajudando em nada na situação.

A cada passo, ele balançava para a esquerda ou direita, mas nunca balançava.

Era como um travesseiro firme que implorava para ser acariciado.

Eu mantive minhas mãos paradas e tentei desesperadamente ignorar a vista.

Cadela, cadela, cadela.

CAPÍTULO 6

Eu a segui pelo corredor até uma sala do outro lado.

A apreensão me atingiu novamente com força.

É exatamente onde estaria uma sala de sexo privada.

Longe da passagem habitual, onde os convidados provavelmente não tropeçariam.

Meu coração acelerou um pouco.

A ideia de estar ligada a algum artefato estranho com a bruxa demoníaca sob controle total não era uma idéia muito agradável.

Eu poderia jogar submisso, mas não acho que poderia ir até o fim.

Eu diminuí meus passos, tentando me dar algum tempo para pensar.

Nem mesmo uma hora inteira se passou.

Eu a vi desaparecer no quarto.

Parei, fechei os olhos e tentei pensar até onde estava preparado para ir.

Ele estava disposto a seguir em frente enquanto pudesse detê-lo, se quisesse.

Essa era a linha que ele não estava disposto a cruzar.

Ser escravizado não era uma opção.

Mesmo se eu tivesse que esperar na fila pelos desempregados, eu não daria isso a ela.

Meu orgulho voltou forte.

Eu andei em frente com um propósito.

Isso estava começando a terminar agora.

Entrei na sala e perdi o fio dos meus pensamentos.

A sala estava iluminada e arejada.

Duas portas francesas se abriram para uma varanda coberta com vasos de flores coloridas que davam ao quarto o perfume.

Havia uma cômoda branca com garrafas e loções e uma pilha de toalhas brancas.

No centro da sala havia uma mesa de massagem.

E ela estava deitada de bruços com a cabeça em um pequeno travesseiro, os olhos me olhando como punhais.

"Mova-se, cadela!" Ela cuspiu: "O óleo quente está na cômoda".

Uma massagem poderia fazer isso.

Se eu evitasse seus olhos maus, ele ficaria deslumbrante em cima da mesa.

Ele tinha a curva certa nas costas para acentuar sua bunda.

Eu sorri com a minha sorte.

"Desculpe, senhora", eu disse, movendo-me rapidamente através do óleo.

Ela me bateu na bunda com o chicote quando eu passei.

Então eu estremeci um pouco que parecia satisfazer sua necessidade de punir.

Na verdade, não havia força por trás disso.

Se você pensa sobre isso, eu estava no comando agora.

A pele dela estava à minha mercê.

Eu não estava nem chateada com meu pau, pois ele lutou para destacar a beleza diante de mim.

Joguei uma toalha por cima do ombro e puxei o dispensador de óleo quente do aquecedor.

Eu podia sentir o cheiro de lavanda que o óleo estava emitindo quando me mudei para a mesa.

"Comece com meus braços", ele disse suavemente.

Ele deixou o chicote em uma extremidade da mesa e colocou os dois braços ao longo dos lados.

Derramei um pouco de óleo em minhas mãos e as esfreguei para obter um composto bom e uniforme.

Comecei na mão direita, especificamente na palma da mão, com os polegares.

Eu sabia uma ou duas coisas sobre como massagear.

Eu tive alguns muito bons e lembro como foi feito.

Uma vez eu tive um em um navio de cruzeiro que praticamente me levou para o céu.

Aquela mulher mais velha na casa dos sessenta tinha as mãos de um anjo.

Ela transformou todos os meus músculos em geléia.

Ele tentaria dobrar seus talentos dessa vez.

A sra. Buttingson gemeu quando eu arrastei meus polegares sobre a palma da mão.

Senti os músculos da mão dele deixarem o estresse.

Fui para o meu pulso depois de outra camada de óleo, amassando suavemente, aumentando lentamente a pressão quando cheguei ao antebraço carnudo.

Eu a observei respirar lentamente e ela reajustou a cabeça para conforto.

Ela estava caindo aos pedaços nas minhas mãos.

Apliquei mais óleo e trabalhei em círculos lentos em torno de seus bíceps enquanto olhava para sua bunda.

Realmente era uma coisa de completa beleza.

Eu me movi em torno de sua cabeça, passei pelo chicote ocioso, em direção à sua mão esquerda.

Repeti o processo naquele braço com mais gemidos dados pelo diabo como resposta.

Minha cabeça estava flutuando com visões de agarrar o chicote e pintar algumas listras agradáveis em sua bunda firme.

Foi nesse momento que percebi que estava ficando um pouco nervoso.

Eu estive nisso por cerca de quinze minutos e senti como se estivesse neste jogo por um século.

"Pare de olhar para a minha bunda", ele ordenou.

Percebi que seus olhos estavam olhando para os meus.

"É difícil ignorar, senhora", eu disse e sorri.

Eu acho que dois poderiam jogar este jogo.

Ele não dissera nada de errado e acabara de lhe dar um elogio velado.

Talvez ele tenha pensado que lhe havia dito que sua bunda estava bem, ou era grande demais, ou apenas significava que ele estava nu.

Eu pude notar os pensamentos atrás de seu olhar e apreciei sua confusão.

Passei por cima de sua cabeça, cobri minhas mãos com mais óleo e comecei a trabalhar em seus ombros.

"Por que é difícil ignorar?" ele perguntou em um tom que soou um pouco ameaçador.

O longo atraso entre minha declaração e sua pergunta foi delicioso.

Todas as mulheres duvidam de seus corpos.

Até uma cadela rica e poderosa como ela.

Não foi preciso ser um gênio para saber que ele havia atingido um ponto fraco.

"Eu não sou o único a lhe dizer, senhora."

Eu o esquivei como um servo do início do século XIX.

Ele tinha pouco poder no relacionamento, mas ele pegaria o que podia.

Eu sabia que isso poderia explodir na minha cara, mas que diabos.

Alguns riscos são mais divertidos que outros.

Ela gemeu quando eu amassei firmemente atrás das orelhas e ao longo do pescoço.

"Pare de brincar e responda", ele suspirou.

Era difícil para ela ficar com raiva enquanto trabalhava no pescoço.

Ele podia sentir os músculos perdendo seu desejo de ficar acordado.

"Bem, isso se destaca um pouco, senhora", arrisquei.

Eu sabia que agora a situação estava inclinada para o lado ruim do espectro.

Eu podia sentir os músculos apertando sob meus dedos.

Pode ter levado as provocações um pouco longe demais.

Eu me inclinei em seu ouvido e sussurrei:

"Porque é fodidamente perfeito."

Omiti a senhora apenas para zombar dela.

Ele queria ver como ele lidaria com um elogio misturado com insubordinação.

Ele lentamente levantou a mão, agarrou o chicote e tocou levemente minha coxa.

"Está fodidamente perfeito, senhora", eu reiterei.

"Então você tem minha permissão para olhar para minha bunda", disse ele sonolento e devolveu o chicote e a mão à mesa de massagem.

Vi um meio sorriso e sabia que por baixo de seu exterior duro havia uma mulher tímida.

Um ponto para mim.

Comecei a trabalhar nas costas dele.

Coloquei minhas mãos oleadas em sua espinha logo acima de sua bunda.

Então voltei pelos lados até o topo, mal arranhando os lados dos seios esmagados.

Minha imaginação foi ativada e vi aqueles lábios vermelhos rubi em volta do meu pau enquanto me movia de um lado para o outro ao longo de suas costas.

Seria necessário apenas um pouco de inclinação para fazer isso.

Eu rapidamente voltei para o lado dele para tirar a imagem da minha cabeça.

Eu precisava muito lidar com minha ereção.

Passei mais dez minutos nas costas dele antes de me levantar.

Se você realmente quer relaxar alguém, tente uma massagem com óleo quente nas solas dos pés.

Eu quase a dormi enquanto trabalhava na ponta dos pés e esfregava a sola com os polegares.

Consegui até acalmar minha ereção, pelo menos até olhar para cima.

Aninhada entre as coxas, logo abaixo de sua bunda perfeita, parte de sua flor íntima foi exposta.

Senti uma pontada excitar meu pau novamente.

Tentei desviar o olhar, mas havia um brilho aconchegante nos lábios expostos.

Ela estava molhada e eu estava quente como o inferno.

Lábios lindos, bunda perfeita e buceta brilhante - isso era mais do que um homem deveria suportar.

Eu me forcei a olhar para os pés dele e dobrei meus esforços.

Não demorou muito para que meus olhos voltassem ao ápice de suas coxas.

Minhas bolas já estavam começando a doer.

Eu me mudei para o lado e comecei a trabalhar na perna dele.

Ela restaurou sua posição no travesseiro com os olhos fechados.

Eu só podia ver sua bunda maravilhosa agora.

Ambos os lábios estavam escondidos de mim, o que ajudou um pouco.

Voltei minha mente aos negócios.

Pensei no que poderia ser feito com o novo capital de giro.

Isso poderia aumentar o marketing e, portanto, aumentar as vendas quando voltarmos a funcionar.

Eu poderia contratar Ralph para obter ajuda e acelerar o desenvolvimento final.

Havia uma empresa especializada em interfaces de usuário que poderia melhorar a experiência do usuário.

Esses pensamentos não diminuíram o inchaço, mas acalmaram os impulsos imediatos.

Mais quinze minutos e apenas sua bunda não foi oleada.

Por mais que eu quisesse amassar aquela carne apertada, não achava que minhas pobres bolas poderiam lidar com isso.

Eu também não tinha certeza se o seu retorno me faria algum favor.

Talvez a hora que ele já havia passado com ela fosse suficiente.

"Você está propositalmente ignorando minha bunda", disse ele com desdém.

Parei de respirar por um momento enquanto olhava para sua perfeição tensa.

Estava na hora de um pouco de verdade.

"Eu vou explodir, senhora", eu disse com relutância.

Eu esperava que ela mostrasse alguma piedade.

Inferno, isso me aliviaria.

Ele levantou a cabeça preguiçosamente e olhou entre as minhas pernas.

Eu segui o seu olhar.

Havia uma longa corrente de fluido pré-seminal claro da ponta do meu pau até o chão, terminando em uma pequena poça.

"Oh", disse ela com pouca compaixão, "pelo bem de seus funcionários, espero que você não perca tudo antes que o tempo acabe." Ela deitou a cabeça no travesseiro. "Continue com o trabalho."

'Maldita puta!' Eu disse a mim mesmo.

Eu quase falei em voz alta, mas a referência dele aos meus funcionários me fez segurá-lo.

Ela era uma prostituta demoníaca sexy e do mal.

Eu nunca estive tão baixo na minha vida.

Cobri minhas mãos novamente com óleo, fechei os olhos e amassei aquelas nádegas magníficas.

Tentei me imaginar amassando massa de pizza.

Não funcionou.

Acabei mordendo o interior da minha bochecha até provar o sangue.

Ele a odiava com paixão na época.

Eu estava começando a pensar que meus pensamentos anteriores da masmorra teriam sido preferíveis.

A dor estava me ajudando, então mordi minha língua.

Difícil.

Apliquei mais óleo e decidi causar um rebuliço.

Desta vez, passei o lado da minha mão entre as nádegas dela, deliberadamente ao longo do ânus.

Não o fiz com ternura e não fingi que foi um acidente.

Eu vi seus pés pularem.

Não há mais essa merda lenta e fofa.

Meu pau estava me matando e raiva e dor eram as únicas coisas que me deram um leve suspiro.

A propósito, eu arrastei minha mão para dentro da fenda e certifiquei-me de que seu ânus não fosse ignorado.

Eu vi seu corpo inteiro se contrair e sua cabeça se levantou.

Ela rolou de lado, sua bunda fora do meu alcance.

"De joelhos!" ela gritou.

Caí de joelhos e deixei meus olhos caírem no chão.

Eu não podia acreditar o quão difícil eu estava respirando.

Pelo menos eu não podia mais ver sua nudez.

Meu pobre pau estava se movendo, pedindo alívio.

Fechei os olhos e rezei por dor.

Ouvi o zumbido e não vacilei quando me bateu nas costas.

Eu gostei da dor.

Eu me inclinei nele.

Foi uma distração maravilhosa.

Um som saiu da minha boca, não um gemido, mas um gemido de alívio.

Outro zumbido, mais alto que o primeiro, assobiou na minha orelha e me bateu no peito.

Desta vez, eu emiti um "ahhh" quando o sangue começou a sair do meu pau e retornar ao meu corpo.

Não houve terceiro golpe, embora eu desejasse um terceiro.

"Mais", implorei.

Eu tive que perder minha luxúria.

Eu tinha chegado tão longe que decidi que não iria parar agora.

Eu queria que a paixão fosse tirada de mim.

Ele me respondeu em silêncio.

Abrindo os olhos, olhei para cima.

Ela estava diante de mim em sua glória nua, aqueles lábios cheios de vermelho rubi e o chicote preto na mão.

Ele tinha confusão no rosto.

Não gostei, embora soubesse que precisava.

"Por favor", implorei novamente.

Eu tinha medo que minhas partes se quebrassem.

Eu queria, pela primeira vez na minha vida, perder minha ereção.

Ele ergueu o chicote, pensou melhor e o deixou cair ao lado dele.

"Olhos baixos! Fique assim!" Ele ordenou e depois saiu da sala.

CAPÍTULO 7

Não tenho ideia de quanto tempo se passou.

Tudo o que sabia era que o silêncio e a falta de estímulo visual devagar devolveram tudo ao normal.

Meu batimento cardíaco caiu e me senti calmo novamente.

Naquele momento, tive dificuldade para entender como cheguei ao ponto em que estava pedindo para ser espancado.

Eu mantive o conhecimento de que ela obviamente não gostava de ser perguntada.

Ele ganhou outro pequeno controle.

Quando o demônio voltou, ele me encontrou ainda ajoelhado e olhando para o chão.

Era uma espécie de posição terapêutica para mim na época.

Isso me permitiu pensar sem distração e a leve dor nos joelhos me ajudou a descer da minha situação pré-orgástica.

Ela se recostou na mesa.

"Você começará de novo", disse ela, "permanecerá calma e seus dedos serão doces".

Parece que ela tinha limites para seu domínio.

Eu acho que ela encontrou meu limite e estava disposta a dar um passo atrás, mas ela não iria admitir isso.

Fiquei surpreso ao ouvir a palavra 'amor'.

Isso não parecia se encaixar no arranjo que ela havia planejado.

E não era exatamente uma boa descrição do que ele estava fazendo quando eu ataquei sua bunda.

Levantei-me, flexionando os joelhos, para recuperar o sangue nas minhas pernas.

Ela era magnífica deitada lá.

Seus seios relaxaram um pouco para os lados e seus cabelos caíram sobre o travesseiro e caíram no chão.

Ela havia removido a trança que dava aos cabelos um cacho atraente.

Mas eu estava um pouco estressado.

Esta mulher estava calculando.

Prometi a mim mesma que permaneceria cauteloso.

"Onde minha amante gostaria de começar?"

Foi no início do século XIX.

Eu sorri, me sentindo mais como se estivesse novamente.

"Braços, ombros, seios, barriga e depois a boceta. Nessa ordem", declarou ela sem reservas.

Meu pau estremeceu.

Sua puta, pensei.

Ela estava tentando ser mais provocativa.

Ela ia me fazer voltar a vestir.

Ela estava "me matando" com ansiedade.

Quando ela disse "amor", ela quis dizer matar lentamente.

"Sim, senhora", respondi.

Lubrifiquei minhas mãos e tentei pensar em beisebol.

Eu odiava beisebol.

Eu fui trabalhar em seus braços, lentamente como ela exigiu.

Eu era capaz de manter meus olhos longe de suas partes e focar apenas onde estavam meus dedos.

Ela sabia que isso só funcionaria até atingir seus seios, mas estava funcionando agora.

Meu pau estava bem drenado e espero que eu possa me aposentar.

Pelo canto do olho, vi um sorriso de conhecimento.

Cadela, cadela, cadela.

Quando cheguei a seus ombros, tive que ficar de pé sobre sua cabeça.

Minha visão periférica estava capturando seus lábios e seios de rubi.

Meu pau respeitava isso tanto como se fosse um sinal de encorajamento.

Eu respirei devagar, tentando diminuir minha frequência cardíaca.

Abaixei meus olhos e vi apenas seus lábios.

Aqueles dois lindos lábios vermelhos rubi.

Ela estava lambendo-os muito levemente.

Eu rapidamente olhei nos olhos dele e vi humor neles.

Então ela suspirou, separando gentilmente os lábios.

Ele deu um longo piscar de olhos quando viu meu pau começar a crescer novamente.

Pelo menos sua exaustão pode atrasar um pouco o renascimento.

Quando olhei nos olhos dele novamente, ela estava mordendo o lábio inferior com ternura.

"Senhora, por favor", implorei.

Ela me teve e sabia disso.

Eu deveria ter tentado negociar mais, talvez menos tempo com mais frequência em datas.

Vinte e quatro horas pareciam além da resistência masculina normal.

"Meus seios agora."

Ela ignorou meus pedidos e manteve a pressão.

Seu sorriso voltou àquela má qualidade.

Apliquei uma nova camada de óleo nas mãos.

Eu parei de me certificar de que eles estavam bem cobertos.

Eu precisava de tantos bloqueadores quanto pudesse me ajudar.

Inclinei-me para a frente e, ao fazê-lo, senti seu cabelo espalhar na ponta do meu pau.

Eu quase pulei de mim mesma quando senti a carícia suave de suas madeixas.

Uma pequena risadinha escapou dos lábios da cadela.

Comecei a me mover ao lado dele, longe daqueles fios marrons delicados.

"Fique onde está e concentre-se nos mamilos", ela ordenou. "E com ternura", acrescentou, provavelmente lembrando o meu trabalho anterior.

Tentando não mover minha pélvis de nenhuma maneira, comecei a massagear seus seios com ternura.

Cuidadosamente, coloquei os mamilos entre os dedos indicador e polegar.

Senti seu cabelo arrepiar através da minha ereção crescente.

"Hmm, isso é bom", ela sussurrou enquanto balançava a cabeça lentamente para a esquerda e direita, arrastando os cabelos de um lado para o outro.

"Senhora, por favor", implorei novamente.

Meu pau estava começando a ganhar seu vigor anterior, então a situação estava chegando ao medo.

Ele não tinha certeza do quanto poderia suportar antes que o dano físico fosse estabelecido novamente.

Quero dizer, a dor na bola era uma coisa, mas abusar tinha que ser prejudicial à paternidade.

"A barriga agora", ele instruiu e apontou para o lado direito.

Suspirei enquanto me movia rapidamente para o lado e refresquei meu óleo.

Ele pretendia passar o máximo de tempo possível lá.

Se você apertar os olhos corretamente, poderá formar um pequeno túnel de visão que cancela quase completamente sua visão periférica.

Eu aprendi essa habilidade naquele momento.

Seus seios e buceta desapareceram de vista e eu felizmente me concentrei em sua barriga.

Eu tive que apreciar o sucesso de qualquer programa de exercícios que visava.

Ele podia sentir os músculos sob sua pele.

Se ela fosse um homem, ela teria um pacote super plus.

"Eu acho que sendo homem, você tem pensamentos sobre meus seios alegres", disse ele em tom de conversa, "você provavelmente quer saber como seria deslizar seu pau entre eles".

As visões invadiram meu cérebro novamente.

Abaixei os olhos e não vi nada além de seios escorregadios e brilhantes.

"Oh, Deus!" Exclamei quando o sangue inundou meu pau novamente.

Ela ignorou minha falta de servidão no meu idioma.

"Eu suspeito que seria quente ter seu pênis enrolado entre eles. Quanto tempo você acha que poderia durar antes de se esvaziar nos meus lábios?"

Seu tom era indiferente.

Meus joelhos estavam enfraquecendo e eu me senti um pouco tonto.

Fechei os olhos e comecei a hiperventilar.

Eu estava lutando duro para tirar a imagem de seus lábios cobertos de esperma da minha mente.

É extremamente difícil não pensar em algo assim quando lhe dizem.

"Óleo na minha boceta agora", ela instruiu.

Ele levantou os joelhos e afastou as coxas.

Eu estava trabalhando duro para enfraquecer minha ereção mentalmente enquanto oleava minhas mãos novamente.

E ele estava falhando miseravelmente.

"Eu realmente gosto porque você nunca sabe o que pode acontecer."

Meu pau emergiu novamente de suas palavras.

Eu quase me inclinei para esvaziá-lo.

Um milhão de dólares: era isso que significava sua contribuição mais a extensão do empréstimo.

Foi apenas um caso de bolas duras entre um milhão de dólares.

Mordi minha língua e massageei o óleo em sua boceta o mais suavemente possível.

Senti cada crista e o dar e receber de seus lábios macios e macios.

Mas sem ver nada, mantendo os olhos fechados.

"Use as duas mãos. Quero que você me dê um bom orgasmo lento", ele ordenou.

Fui trabalhar respirando fundo, prendendo cada respiração por alguns segundos, depois soltando-a lentamente.

Minha mão esquerda estava ocupada testando seu capuz para excitar seu clitóris.

Eu lentamente inseri dois dedos da minha mão direita em sua abertura quente.

Ela não precisava de óleo, seu tormento em mim era suficiente para absorver todo o seu canal.

"Sim, isso é bom", ela encorajou "bem, agradável e devagar".

Eu não seria capaz.

Mesmo com os olhos fechados, meus sentidos sabiam onde estavam minhas mãos.

Eu ia jogar minha carga e, embora nunca tocasse meu pau.

Havia apenas uma solução.

"Você é uma puta!" Anunciei e movi minha bunda em direção à cabeceira da mesa.

O apito do chicote foi quase instantâneo.

Ela estava esperando eu quebrar.

Desta vez eu dei a ele o que ele queria, gritei de dor quando o chicote encontrou minha bunda.

Os quadris dela se ergueram.

Eu gritei novamente quando o segundo golpe caiu e senti os músculos de sua vagina pressionando contra meus dedos.

O chicote caiu no chão quando o orgasmo assumiu o controle total do corpo dela.

Minha mão esquerda se moveu rapidamente, brincando com seu clitóris, enquanto minha mão direita forçou seus dedos mais profundamente.

Um gemido alto ecoou na varanda e suas costas se arquearam.

O gemido subiu e desceu com frequência quando ondas de prazer percorreram seu corpo.

Eu lutei para adiar o ataque com os dedos.

Quando seus quadris caíram, reduzi minha mão esquerda a carícias suaves.

Meu direito foi a uma lenta massagem interna.

Ela suspirou alto e caiu de joelhos.

Minha necessidade diminuiu um pouco quando me concentrei na dela.

Um estranho relacionamento inverso.

Eu cuidadosamente extraí minhas mãos quando sua respiração diminuiu.

Eu olhei para o seu corpo mole e saciado e de alguma forma achei bonito.

Inclinei-me e peguei o chicote do chão.

Como um idiota, entreguei a ele.

"Espero que minha senhora me perdoe por chamá-la de puta", eu disse com falsa sinceridade, "senti que precisava de um pouco de ... encorajamento."

Ele estava preparado para mais alguns golpes, bem colocado.

Valeu a pena deixá-lo saber que eu tinha a atenção dele.

Surpreendentemente, ela pegou o chicote e deu um tapinha no meu antebraço.

"Esse momento foi excelente", disse ele com seu sorriso caloroso e convidativo.

Empurrei carinhosamente uma mecha suada do cabelo da frente do rosto para a parte de trás da orelha.

Ele tinha um forte desejo de beijar aqueles lábios vermelhos rubi.

Eu balancei minha cabeça e desviei o olhar.

A cadela estava me torturando há mais de uma hora.

Eu não ia começar a gostar agora.

Pensarei em me gostar na segunda-feira, quando tiver um milhão de dólares.

Vinte e quatro horas de repente não pareciam tão imponentes.

CAPÍTULO 8

Ele se sentou na beira da mesa.

"Você vai me banhar agora", disse ela enquanto se controlava novamente.

Eu estava rezando para que meu pau visse isso como uma operação clínica.

Eu estava realmente preocupado com quantas ereções insatisfeitas um homem pode ter em um dia.

Talvez um pau possa desistir e nunca mais se levantar.

Eu não era fã dessa merda de negação.

Quando ele se levantou, seu pé escorregou no chão.

Eu vi a parte de trás de sua cabeça se movendo rapidamente para bater na mesa.

Sem pensar, estendi a mão e ela acabou em segurança nos meus braços.

Eu suspirei aliviada.

A adrenalina bombeada em meu sistema me fez tremer um pouco quando a levantei.

Eu nem percebi que estávamos nus e que eu estava segurando seus seios até que eu a soltei.

Foi a segunda vez hoje que vi confusão em seus olhos.

Por um breve momento, ela perdeu o controle e eu me tornei o controlador.

Não sei por que senti a necessidade de me meter em problemas, mas senti.

"A senhora tem dificuldade em agradecer?"

Eu sorri quando disse isso.

Era um sorriso irônico que merecia um tapa na cara.

Eu queria apertar sua paciência, já que ela brincava com a minha o tempo todo.

Recebi algo que não esperava.

"Obrigado, Richy", ele disse sinceramente.

Ele se inclinou para frente e beijou minha testa.

Era o tipo de beijo que uma mãe daria a um filho.

A diferença era que minha mãe nunca teve lábios sensuais de vermelho rubi.

Eu me vi apoiado nele e desejando que fosse mais do que o beijo que era.

"Agora limpe o chão. Sua baba do seu pau quase me matou."

Sua voz voltou instantaneamente para o cachorro.

Peguei uma toalha limpa e, com as mãos e os joelhos, comecei a limpar os pequenos vestígios de líquido pré-seminal que havia deixado no chão ao redor da mesa.

Eu me perguntei se alguém poderia ficar desidratado perdendo líquido a essa taxa.

Eu levei meu tempo com ela de pé atrás de mim.

Ele parecia gostar de me ver nu enquanto limpava o chão.

Gostei de segurar o inevitável retorno ao sofrimento.

Talvez eu pudesse lavar algo ou algo assim.

* * *

Quando a maioria das pessoas toma banho, é uma banheira com uma torneira elevada ou um espaço plástico de quatro a quatro.

Essa mulher gostava de chuveiros.

Era um pequeno cubículo com vários chuveiros de mão dupla e uma espécie de máquina de chuva pendurada como uma luz de teto.

Havia um banco, não uma espécie de assento, mas um banco de mármore preto com cerca de um metro e meio de comprimento que percorria o comprimento da parede.

As paredes, o piso e o teto eram decorados com azulejos estampados, não estampados, mas estampados com azulejos de cores diferentes.

Esses padrões eram de bom gosto, com diferentes estilos de camadas e faixas.

As prateleiras foram colocadas com garrafas plásticas e utensílios de esfregar.

A luz natural que entrava pelas janelas geladas fazia a sala inteira parecer muito atraente.

"Uau", eu disse, esquecendo a 'Senhora' mais uma vez.

Eu nunca tinha ficado impressionado com um banho antes.

Eu realmente não sabia que poderia me impressionar com uma.

Não vi as chaves onde esperava que elas estivessem.

Abrir e fechar a água era um mistério.

Uma vez eu tive, há muitos anos, uma namorada que realmente gostava de fazer amor no chuveiro.

Eu só podia imaginar o orgasmo que ela teria em um lugar como este.

Ele não pensava em Wendy há anos.

Ela me deixou para um contador que era um pouco mais casado.

A separação foi mesmo no chuveiro depois de um sexo molhado.

Ela queria uma brincadeira mais molhada.

Ele estava no casamento cinco meses depois.

Ela era uma boa menina e eu realmente a desejei o melhor, mas os chuveiros nunca mais foram os mesmos desde então.

A sra. Buttingson entrou no banheiro e foi trabalhar em uma tela plana embutida nos azulejos perto da frente.

Seus dedos estavam borrados quando ele praticou uma série de escolhas e fez algumas seleções antes que pudesse ler o que eram.

Ele apertou um botão digital verde que apareceu e a tela ficou preta.

A água começou a chover do teto de uma maneira suave, mas obviamente fluida.

Ela ficou na entrada, esperando.

Dei de ombros e esperei com ela.

Foi talvez quinze segundos depois que ouvi o começo da sinfonia.

Foi um que ele pensou ter reconhecido, possivelmente de Mozart.

Eu tinha que ser um dos grandes compositores, pois meu conhecimento nessa área da música era muito limitado.

Eu só podia supor que o começo da música indicava que a água havia atingido a temperatura desejada.

Assim que a música começou, ela cambaleou na água.

Era quase como se eu estivesse dançando um pouco.

Eu achei mágico e muito erótico.

Meu pau estava disposto a ignorá-lo na umidade crescente.

Fui atrás dela e na chuva da água.

A água estava alguns graus mais quente do que eu acho perfeita.

Obviamente, era a temperatura exata que ela queria.

Ela embebeu o cabelo sob a água que caía e afastou-o da água em seu rosto.

Ele pegou uma garrafa de algo de um canto.

"Primeiro o cabelo", ele disse sem respeito.

Peguei a garrafa de sua mão estendida.

Ele estava sentado no final do banco, as pernas estendidas na chuva quente.

Coloquei um joelho no banco para me aproximar e fiquei surpresa por ele não sentir o mármore frio.

A maldita coisa estava quente!

Coloquei um xampu na mão e fui trabalhar nele.

Essa tinha sido a parte favorita de Wendy.

Eu massageava seu couro cabeludo sob o disfarce de xampu e, quando terminava, ela me punha na parede com paixão.

Eu sabia que não poderia reviver aqueles maravilhosos banhos de chuveiro com essa cadela, mas eu podia fazê-la sentir um pouco disso.

Coloquei o xampu no cabelo dela e prestei muita atenção em esfregar as têmporas toda vez que meus dedos se aproximavam.

Ele sabia o que isso poderia fazer com Wendy.

Eu assumi que estava fazendo o mesmo com minha sedutora demoníaca.

Ela se recostou nas minhas mãos e arrulhou um pouco.

Sim, isso a estava afetando bastante.

Eu gostei do poder que me deu, o conhecimento de que pelo menos seu sistema nervoso estava desaparecendo diante de mim.

"Não ouse parar", ele ordenou com um sorriso.

Não faço ideia do que as mulheres pensam de mim do lado de fora do quarto, mas nenhuma se queixou dos meus mimos.

Ele estava gostando das preliminares, os atos altruístas de paixão que mandam uma mulher para as nuvens.

Eu empreguei esses talentos aqui.

Quanto mais a fazia feliz, mais curto seria quando ela planejava mais sofrimento.

Mas eu não poderia estar mais errado.

CAPÍTULO 9

Eu a observei abrir as pernas enquanto ela esticava o pescoço entre os dedos.

A mão dele se moveu sensualmente entre as pernas dela e um gemido escapou de seus lábios.

Ele nunca tinha visto uma mulher reclamar antes, pelo menos não pessoalmente.

Infelizmente, meu pau começou a apreciar esse show.

Inconscientemente, acelerei o movimento dos meus dedos.

"Mais devagar", ele ordenou e recostou-se para me dar uma visão de onde seus dedos estavam ocupados.

Tentei não olhar, mas era maravilhoso demais para sentir falta.

"Eu trouxe uma mulher aqui uma vez", disse ele sedutoramente.

Eu enruguei meus olhos e esperava que sua história terminasse aí.

"Ela adorava a água quente que caía em cascata sobre nossos corpos. Meu Deus, eu amava seus seios. Eles eram tão firmes com os mamilos rosados e inchados que pediram apenas para serem sugados."

Ela continuou sua tortura enquanto sua mão aumentava seu ritmo.

Eu estava duro de novo, tentando desesperadamente impedir que minha ereção esfregasse contra ela.

O atrito poderia acabar com tudo rapidamente.

"As coisas que ela poderia fazer com a língua." Ela continuou a se lembrar. "Quando ele estava entre minhas coxas, eu podia sentir sua língua se curvando dentro de mim, me levando a lugares onde nenhum homem poderia me levar."

'Foda-me!' Eu estava indo gozar.

Pensei em fazê-lo em grande estilo, simplesmente agarrando meu membro e descarregando nos seios da cadela.

"Eu tenho que ir fazer xixi, senhora!" Eu gritei.

E eu correria de uma vez.

Ela teve que me deixar fazer xixi.

Essa era a oportunidade que ele estava procurando.

Me dê um banho e dez segundos e eu baixarei tudo.

Se isso me permitir aguentar uma das próximas vinte horas, seria simplesmente uma bênção.

"Com uma ereção como essa, será difícil para você fazer", disse ele e sorriu conscientemente.

Ela virou o corpo para mim e puxou os dedos entre as pernas.

Eles estavam brilhando com a umidade.

"Você nem me deixou terminar; e eu ia lhe contar o quão maravilhoso tinha sido."

E com isso, e com seus joguinhos sádicos, ela passou os dedos cobertos com a umidade sobre os lábios vermelhos.

Sem querer, eu gemi.

Caí de joelhos e fechei os punhos com as mãos.

"Por favor, deixe-me ir", eu sussurrei para ele.

Meu pau estava se movendo por conta própria.

Essa mulher poderia me levar ao limite à vontade.

Minha empresa, meu sustento estava em suas mãos.

Sua mão bateu no meu ombro com força.

Ele não iria repetir a inscrição corretamente.

Foda-se ela.

"Você venceu, puta", eu disse e minha mão foi para o meu tesão.

Eu o colocava aqui no chuveiro, que era um lugar tão bom quanto qualquer outro.

Ela se moveu mais rápido do que pensava ser possível.

Sua mão subiu e pegou meu pulso, não com força, ele apenas o agarrou.

Apenas o suficiente para eu parar.

"Não", ela disse.

Ela parecia desesperada.

"Vamos fazer uma pausa. Fui longe demais, mas uma pausa como da última vez funcionará."

Havia profunda preocupação em seus olhos.

Ela não estava tentando me quebrar, ela só queria controle.

Se ela quisesse, eu a forçaria a me deixar fazer isso.

Meu pau subiu apenas com esse pensamento.

Uma pausa não era mais uma opção, o acordo seria anulado, quer ele quisesse ou não.

Levantei-me lentamente, um olhar de raiva no meu rosto.

Ele estava jogando fora um milhão de dólares e arruinando a vida de muitas pessoas.

Havia medo em seu rosto.

Peguei um punhado de seus cabelos lavados, inclinei a cabeça para trás e dei um passo à frente.

Meus lábios estavam a centímetros daqueles rubis vermelhos desejáveis.

"Por favor, me toque", eu rosnei.

Não sei por que implorei.

Uma mão, tremendo de medo, envolveu meu membro e senti meu interior tremer.

Sem permissão, fundi seus lábios com os meus.

Eles eram tão cheios e suaves quanto eu imaginava.

Meus quadris explodiram e eu gemi em sua boca.

Senti meu sêmen retido por um longo tempo expulso do meu pau.

O alívio foi enorme, o prazer além da medida.

Eu nunca tive um orgasmo tão satisfatório.

Cada parte de mim emergiu em feliz uníssono.

Seus lábios responderam quando ele explodiu nas pernas dela.

Eu estava em um céu momentâneo.

Não havia parte do meu corpo que não formigasse de exaltação.

Foi realmente um beijo de um milhão de dólares.

Eu quebrei o beijo quando caí das nuvens.

Ela caiu de joelhos no que pareceu choque.

"Desculpe, você é sexy demais para ignorá-lo", pedi desculpas entre respirações profundas.

Eu ia dizer mais, mas tinha uma empresa para economizar.

Eu a deixei lá, olhando abatida no chão.

Durou pouco menos de três horas.

Eu teria que escolher alguém com mais controle na próxima vez.

CAPÍTULO 10

Eu deveria ter me sentido mal na segunda-feira.

Não o fiz.

Ele decidiu jogar a cautela no lixo.

Não consegui chegar ao novo prazo de trinta dias com meus funcionários ignorando seu destino.

Eles fizeram muito para me levar tão longe.

Não era culpa dele que o capital de risco tivesse ido para o inferno.

Eu convoquei uma reunião para a sala central.

O lugar onde normalmente arrumaríamos mesas para festas de Natal ou para uma futura celebração pública.

Olhei para os rostos questionadores, absorvi meu orgulho e comecei.

"Eu estava em negociações neste fim de semana para conseguir os fundos necessários para manter a empresa em funcionamento. Não funcionou, mas tenho trinta dias para encontrar mais".

Ele havia escondido bem os problemas da empresa de todos.

A surpresa era evidente em seus rostos.

"Estou confiante de que posso adquirir os fundos necessários, mas se eu falhasse no meu objetivo, não gostaria que você ficasse sem opções. Adoraria que todos esperassem pela solução, mas sei que alguns de vocês têm famílias e outras considerações."

Fiz uma pausa por um momento para reagrupar meus pensamentos.

Eu tinha pensado muito sobre isso no domingo e já parecia fazer mais sentido.

"Eu agradeceria se você gastasse metade do seu dia de trabalho na empresa e a outra metade estudando suas opções. Não vou abaixar seu salário durante esse período, mesmo se você trabalhar metade. Posso garantir o salário nesta sexta-feira e no seguinte em duas semanas. Depois disso, nossos credores podem receber o salário; lembre-se disso ao fazer seus planos. Assinarei qualquer carta de recomendação e ficarei feliz em fornecer referências para que essa experiência não manche suas carreiras ".

Meus olhos ficaram úmidos quando falei sobre o desaparecimento de algo que havia me deixado muito preocupado.

"Sinto muito por ter chegado a isso. Não é o que eles merecem, mas eles merecem a verdade."

Abaixei os olhos porque não podia mais olhar para eles.

Soou melhor quando eu reparei no domingo à noite.

Janeth me abraçou e me senti pior.

Paul, nosso contador, gritou:

"Eu estarei aqui, faça chuva ou faça sol, Richy. Apenas me mantenha atualizado."

Houve um coro de acordos que me fizeram sentir um pouco melhor.

- A senhora Buttingson voltou, sr. Carrington - Janeth sussurrou e apontou para a sala de reuniões.

Eu olhei para cima e vi Virgínia em seu traje estrito de negócios, mas sem ela os lacaios outro dia.

Os olhos dela eram quase tão vermelhos quanto os lábios.

Algo estava errado com o jeito que ela estava de pé.

Parecia quase desconfortável, talvez menos poderoso.

Quando ele viu que a tinha visto, entrou na sala de reuniões e fechou a porta.

Olhei novamente para os rostos reunidos onde reinavam confusão e simpatia.

"Estou voltando agora", eu disse e fui para a sala de reuniões.

CAPÍTULO 11

Virginia caiu em uma das cadeiras.

Todo o seu equilíbrio comercial desapareceu de sua pele.

Não achei que nada pudesse afetar essa mulher.

Pelo menos não em público.

"Quero tentar de novo", gaguejou Virginia, quase chorando.

Os olhos dela estavam vermelhos de tanto chorar.

Ela estava sofrendo.

Como diabos isso se desfez tão rápido?

"Virgínia, minha empresa não pode ser seu brinquedo", disse com compaixão, "há muitas vidas em jogo. Sou muito grata pelos trinta dias adicionais, mas não posso depositar todas as minhas esperanças em algum tipo de desempenho sexual".

Ela alcançou o telefone da conferência e discou.

"Cottingcom National, como posso ajudá-lo?", Cumprimentou o operador.

"Virginia Buttingson, para o Sr. Smith, por favor", perguntou Virginia.

Houve uma pausa, então me sentei.

Esse era o banco da minha empresa, com o qual eu tinha o empréstimo.

Eu estava começando a pensar que meus trinta dias estavam prestes a terminar.

"Bom dia, senhora Buttingson, o que posso fazer por você?" Sr. Smith perguntou.

"Qual é o status da transferência de fundos?" ela perguntou sem rodeios.

"Foi concluído. Um milhão, conforme solicitado, na conta Carrington, já está disponível", respondeu Smith.

Eu fiquei atordoado.

Isso foi quinhentos mil a mais do que o combinado.

"Obrigado Brian." Virginia desligou o telefone e continuou: "O acordo está fechado, sem restrições."

"O que ... não ... eu não tenho certeza se entendi", gaguejei como um idiota.

"Eu estraguei tudo. Quero outra chance." Ela estava quase chorando. "Por favor, Richy. Eu não sabia que isso tinha afetado você assim. Era apenas um jogo." Ela queria me contar mais. Eu senti e vi nos olhos dele. Ela estava assustada. "Não ... eu não durmo desde que você me deixou. Eu era tão estúpido e continuei quando você me pediu para não fazê-lo." Ela era incrivelmente vulnerável.

"Acho que não posso fazer isso de novo", eu disse honestamente, "vou odiá-lo, amá-lo e odiá-lo novamente ..."

Ela me interrompeu.

"Olha, existem partes que você amava. Podemos fazer isso de novo." Isso não parecia a mulher que me ajoelhava implorando por alívio.

"Estou confuso, Virginia." Ele estava sussurrando para ela abaixar a voz. Ele não tinha certeza do quanto podia ser ouvido do lado de fora da sala. "Pareceu que você gostou quando eu estava sofrendo."

A cabeça dela caiu nas mãos e depois caiu sobre a mesa.

Ela começou a soluçar.

Eu andei em volta da mesa e me sentei ao lado dele.

Eu não tinha certeza se meus braços ajudariam, mas não podia deixá-la chorar na mesa.

Peguei-a nos braços e descansei a cabeça no meu ombro.

"Desculpe, eu não fui feita para o que você quer."

"Mas você me amou", ela soluçou no meu ouvido.

Eu estava preocupado com o seu estado mental.

Ele não tinha certeza de como deduziu o amor das poucas horas que passamos juntos.

Foi quase toda uma carreira frenética e angustiante da minha parte.

Houve algumas paradas agradáveis, mas tiveram vida curta.

"Virgínia". Tirei a cabeça do meu ombro e olhei nos seus olhos vermelhos. "Eu nunca te disse que te amava."

"Não em palavras. Com suas mãos. Ninguém nunca me tocou assim." Ela tinha um olhar sonhador no rosto. "Aquela massagem ... e quando você lavou meu cabelo, pensei que me derreteria. Por que você faria isso se não me quisesse?" Ela estava falando sério agora.

"Você me ordenou que fizesse isso", respondi.

Ela parecia confusa, como se estivesse tentando entender o significado das minhas palavras e não pudesse adicionar duas e duas.

"Mas ... mas você não teve que fazer assim", disse ela lentamente. Ele quase podia ver as rodas em sua mente girando. "Eu vi como você se excitou. Você nem me bateu e estava tão ... pronta."

Acaba com ela? Por que ele iria bater nela?

Foi ela quem estava me batendo.

Eu me afastei um pouco dela, fazendo com que seus olhos entrassem em pânico.

"Virginia, eu não gosto de quem bate ou violência. Eu estava disposto a aguentar um pouco por causa daquelas pessoas que você via lá fora." Apontei para a porta. "Não tenho certeza de que tipo de relacionamento você está procurando, mas acho que não se encaixa no molde."

Eu estava tentando ser claro.

A situação toda era surreal demais.

A cabeça dele caiu para a frente.

"Eu não queria que você fosse", ele disse calmamente.

"Estou tendo problemas com isso, Virginia. Por que eu iria querer ficar se você me negasse que minha dor vai acabar?"

Eu estava sentindo falta de seções inteiras de sua lógica.

"Os meninos sempre saem quando terminam." Suas lágrimas começaram a fluir. "Você saiu logo depois também. Eu não queria que você fosse."

Ela estava chorando muito agora.

Eu estava em choque.

Puxei-a para o meu ombro e a segurei.

Levou alguns minutos para recuperar o controle de seus soluços.

Mas então eu percebi que estava em um dilema com ela.

Levei mais alguns momentos para separá-la gentilmente de mim.

A mulher tinha acabado de salvar meus negócios e provavelmente algumas das vidas que me esperavam do lado de fora da sala.

Ela não tinha ideia de que tipo de homem ela esteve antes.

Eles não poderiam ter sido muito vigilantes se eu sou a melhor medida.

Bem, ela me devia a tortura e eu a salvava a todos.

"Virgínia, eu gostaria de levá-lo para almoçar", ofereci a ele, enquanto sorria para ele ", e depois jantar e possivelmente tomar café da manhã."

O rosto dela se iluminou.

Ela arrastou as costas da mão sobre os olhos para secar as lágrimas.

Isso só ajudou a manchar mais o rímel.

Tentei não rir enquanto agarrava a caixa de lenços de papel da mesa.

"Tem certeza?" ele perguntou e rapidamente acrescentou: "Quero dizer, sim, eu adoraria isso".

Eu acho que ela decidiu não me dar uma saída também.

E eu não teria aceitado.

"Bom. Agora fique parado por um momento."

Peguei um lenço e segurei seu queixo com ternura.

Limpei-o sob seus olhos, me levantando o máximo que pude.

Ele usava um par de lenços até eu ficar feliz com o meu trabalho.

Aqueles belos lábios vermelhos estavam sorrindo novamente quando eu terminei.

Eu me castiguei por ignorar seu estado emocional, mas em minha defesa, aqueles lábios eram algo especial.

"Posso te beijar?" Eu perguntei gentilmente.

"Oh sim", ela sussurrou.

Inclinei minha cabeça e trouxe meus lábios aos dela.

A lembrança do beijo do chuveiro se fundiu com isso em minha mente.

Naquele momento, qualquer coisa que nos mantivesse juntos desapareceu.

Não havia empresa, empréstimo ou dinheiro.

Meus lábios ficaram porque podiam sentir sua apreensão e alegria.

Fiquei assim porque gostei.

Minha mão acariciou seu rosto e se moveu atrás da orelha para empurrá-la mais fundo.

Ela obedeceu com os lábios abertos e uma língua hesitante.

Encontrei a dela com a minha e, quando nossas línguas se tocaram, um calafrio silencioso ressoou no meu corpo.

Fiquei assim com ela porque realmente gostei.

CAPÍTULO 12

Quando finalmente quebramos o beijo, senti uma perda.

Mas agora ele tinha o desejo de transar com ela ali.

Como diabos essa mulher me fez ir tão rápido?

"Isso foi muito bom", disse Virginia e começou a avançar.

Ela queria mais do que eu.

Eu segurei e sorri para que ela soubesse que não era uma rejeição.

"Há pessoas lá fora", eu disse e acariciei sua nuca. Ela se apoiou na minha mão e suspirou. "Vamos contar as boas notícias a esses meninos e eu vou levá-los para almoçar", sugeri.

"E por que eles precisam saber disso?" Ela perguntou com um olhar chocado no rosto.

Levei um segundo para perceber para onde estava indo seu raciocínio.

Eu ri um pouco.

"É sobre o trabalho deles. Você apenas garantiu a eles o salário."

Foi a primeira vez que a viu corar.

Suas bochechas quase combinavam com a cor de seus lábios.

Foi adorável.

Ela se levantou, envergonhada, e arrumou sua roupa.

"Sim. Claro", ela disse enquanto recuperava o controle.

Então ela olhou para mim com olhos suaves.

"Todos os beijos que você dá ... são tão perturbadores?"

"Apenas os mocinhos", respondi.

Ela corou ainda mais claramente.

Agora eu estava no controle e não tinha intenção de negar nada a ninguém.

Deus, aqueles lábios pareciam tão bons.

Levantei-me e alisei minhas roupas um pouco.

"Está pronta?" Perguntei-lhe.

"Sim", ela respondeu.

A mudança em seu rosto foi aterrorizante.

Virginia se foi e a sra. Buttingson estava de volta.

Ela estava agora no modo de sala de reuniões.

Eu segurei a porta quando ela saiu, a cabeça perfeitamente nivelada enquanto nos movíamos em direção aos funcionários ainda reunidos.

Vi Janeth limpando a lateral do rosto.

Eu realmente esperava que ela não estivesse chorando.

"Parece que fui muito prematuro com minhas declarações anteriores", disse enquanto acompanhava minhas palavras com um sorriso ", a senhora Buttingson e eu concordamos em uma associação que garantiu à empresa fundos suficientes para suportar e nos levar além da data lançamento planejado inicial "

Houve muitos aplausos e sorrisos.

Os sorrisos pareciam um pouco maliciosos agora e eles me deram uma piscadela.

O sorriso de Janeth era ainda mais misterioso enquanto ela continuava a limpar o lado do rosto.

"Temos um acordo a concluir e milhões a fazer", anunciei alegremente.

A mão de Janeth estava mais frenética até tocando seu rosto.

Virginia revirou os olhos quando percebeu o que Janeth estava tentando dizer.

Eu olhei com minha

'Do que?' Eu disse encolhendo os ombros.

Virginia pegou uma caixa de lenços de papel na mesa de Paul.

Ela agarrou meu queixo, nunca perdendo sua expressão comercial controlada.

O lenço ficou vermelho depois que ela limpou meus lábios.

Eu Corei.

"E Richy está me levando para almoçar", anunciou Virginia.

Eu não acho que me sentiria mais desconfortável na minha vida.

Houve algumas risadas entre os que se reuniram até Virginia se virar com seu olhar patenteado.

"Cresça, pessoal", ela zombou.

A risada virou risada.

O rosto de Virginia estava tão vermelho quanto o meu.

Ele pegou minha mão, já que não havia razão para a fachada e me levou até a porta.

"Isso foi embaraçoso", Virginia sussurrou quando colocamos algumas mesas atrás de nós.

"Foi o seu batom", culpei-o com um sorriso bobo.

"Agora todo mundo sabe disso", acrescentou.

Ela tentou manter sua atitude comercial para os olhos que nos seguiram.

"Eles estão com ciúmes porque eu tenho um encontro sexy para o almoço", brinquei.

"Um encontro. É um encontro?" ela perguntou surpresa.

Eu me perguntava o que ela pensava que era.

"Beijos, mulher sexy, almoço. Sim, parece que é mais do que aquilo que se qualifica para um encontro", respondi o mais gentilmente possível.

Seu sorriso cresceu, ela colocou o braço em volta do meu e me puxou para mais perto quando terminamos de sair.

Ela se sentiu bem ao meu lado.

Eu gostei que ela não se importasse que todo mundo estivesse assistindo.

A mulher de negócios havia deixado o prédio.

CAPÍTULO 13

Eu escolhi Fugui's, uma pequena massa italiana nas proximidades.

Não era a melhor comida da cidade, mas às vezes a atmosfera íntima era o problema nesses lugares.

Havia uma pequena mesa onde um grande suporte com colunas bloqueava o resto da sala.

O teto era baixo, o que reduzia a reverberação e nos permitia falar sem precisar repetir o que foi dito.

E era adequadamente privado.

"Sinto muito por esta manhã, Richy", disse Virginia depois que o vinho chegou, "não estou acostumado ... acho que não estou acostumado a gostar de pessoas".

"Vamos lá, você deve ter alguns amigos", eu disse alegremente.

A expressão em seu rosto me disse que era a coisa errada a dizer.

Eu perdi meu sorriso e coloquei minha mão sobre a dela.

"Você tem um agora."

Isso me rendeu um sorriso fraco.

Levantei-me e troquei de lugar, movendo-me para o lado dela em vez de me sentar em frente a ela.

"A única coisa que realmente me lembro nesta manhã é o beijo. Todo o resto é um pouco confuso."

Essa pequena mentira me deu um sorriso de verdade.

"Foi muito bom", disse ela gentilmente, "decidi que não beijo o suficiente".

Apertei meus lábios obscenamente e me inclinei para frente.

Ela riu e bateu levemente no meu braço.

"Com homens, não peixes."

"Os peixes também precisam ser amados", brinquei.

O garçom apareceu com nossas saladas, então tivemos que fazer uma pausa em nossa conversa.

Conversamos sobre a nossa empresa enquanto comemos saladas.

Fiquei maravilhado com o quão surpreendentemente rápido era sua mente empreendedora.

Pode parecer que ela simplesmente jogou dinheiro fora, salvando uma empresa sem futuro.

Mas, na realidade, ela havia feito sua lição de casa.

Ela conhecia o potencial e as armadilhas de todo o processo.

Ela tinha conexões incríveis que poderiam realmente ajudar o lançamento inicial.

Quando empurrei a saladeira vazia de lado, percebi uma coisa.

"Se eu não tivesse aceitado sua primeira oferta, você não compraria mais?" Perguntei-lhe.

"Sim, mas eu realmente queria ver você nua", disse ele com seu sorriso maligno.

"E o milhão em vez da metade?" Eu perguntei

"Você realmente precisa trabalhar suas habilidades de negociação. Eu pensei que você exigiria mais, por isso antecipei o milhão", ele deu de ombros e continuou, "e para ter sucesso, você realmente precisa de um aumento considerável no capital de giro para o lançamento." Sem isso, as vendas não teriam durado mais um ano, enquanto os concorrentes tentariam copiar seu produto ".

"Você tocou em mim", proclamei.

"É o que fazer", confessou ela, estendendo a mão e acariciando atrás da minha orelha, "você está com raiva de mim?"

Foi a primeira vez que ela iniciou um toque suave.

Eu podia ver a preocupação em seus olhos.

"Não, eu estou brava comigo mesma por não ter visto", eu ri, "eu era realmente vaidosa o suficiente para pensar que era sobre mim."

"Isso agora, mas não era então", Virginia disse casualmente.

Sua sinceridade me surpreendeu.

Eu acho que ela realmente tinha sentimentos por mim.

Apenas quando eu pensei que tinha descoberto sua jogada, ela me deixou ver a realidade.

"Foi por isso que transferi o dinheiro hoje de manhã. Não queria que você pensasse que já estava guardando para você."

Você quer saber como agradar um homem?

Apenas valoriza sua existência.

Aqui estava a pessoa de negócios mais inteligente que eu conhecia, me dizendo que meus anos suados valeram a pena.

Sua avaliação do potencial da minha, não, da nossa empresa foi ainda maior do que eu imaginava.

Exigir apenas 49% significava que eu sabia que minha visão era necessária para essa avaliação.

Tudo isso e eu também sabia como ela estava nua.

Eu a surpreendi com um beijo apaixonado.

Eu a senti nervosamente olhando em volta antes de desistir e me deixar levar pelo meu afeto público.

Fomos forçados a nos separar quando o garçom trouxe o prato principal.

A comida tem um gosto melhor quando tudo corre do seu jeito.

Virginia estava sorrindo para mim enquanto comíamos.

Não acho que ela soubesse completamente como havia afagado meu ego.

E isso tornou tudo mais sincero.

"Vou ter que ter um batom diferente se você continuar me beijando em público assim", ela sorriu.

"Não se atreva", eu disse, deixando marcas vermelhas no guardanapo, "só preciso comprar mais lenços."

Ele não podia imaginá-la com nada além daqueles lábios vermelhos desejáveis.

Vi algo brilhar em seus olhos quando defendi o batom.

Um pensamento surgiu em sua mente, algo que não se destinava à discussão pública.

Ele se inclinou no meu ouvido.

"Eu realmente gostaria de te levar para casa e você não recusaria", ela sussurrou com um sorriso travesso.

Sangue rapidamente fluiu em meu corpo com suas palavras.

Eu senti a mão dele na minha virilha.

"Eu adoraria ver o que posso fazer com você."

"Confira, por favor!" Eu disse que talvez um pouco alto demais.

Mas como eu disse, não era o melhor lugar para comer da cidade.

CAPÍTULO 14

Eu levei Virginia para a casa dela no meu carro.

Ela disse que poderia providenciar para que ela fosse buscar amanhã.

Eu acho que ela estava mais interessada em garantir que meu interesse não desaparecesse.

Ela não era muito agressiva, apenas alguns golpes simples e um pouco aconchegando-se para mim para ter certeza de que ela sabia que ela estava ao meu lado.

Eu achei a atenção que ele estava me dando muito atraente.

Meu interesse não diminuiu.

Quando entramos na casa dela, Virginia me arrastou diretamente para o quarto dela.

"Sente-se", ele ordenou, apontando para a cama.

Ela usou sua voz maliciosa que me irritou um pouco.

Eu escolhi ficar com uma cara de mau humor.

Ela sorriu.

"Por favor, sente-se."

Esta era sua voz amável e amorosa novamente.

Eu me sentei rapidamente.

Ela agarrou meu pé e tirou meu sapato e meia.

Ela repetiu com o outro pé.

Usando sua voz maliciosa, ele ordenou: "O cinto".

Ela estendeu a mão esperando que eu cumprisse.

Eu poderia ter resistido à sua voz maliciosa, mas gostei de onde as coisas estavam indo.

Abri o zíper e puxei-o através dos ilhós.

Ela pegou o cinto e o colocou na pilha dos meus sapatos e meias.

Virginia me empurrou para a cama, que caiu nas minhas costas, desabotoou o botão e abriu o zíper da frente da minha calça.

"Não diga nada", ela ordenou e eu obedeci.

Ela tirou minhas calças junto com minha boxer e as adicionou à pilha crescente.

Eu estava meio empolgado neste momento.

Ele não tinha certeza do que tinha em mente e estava com um pouco de medo de tentar voltar aos seus caminhos tortuosos.

Ele foi até a cômoda e pegou um pequeno tubo de ouro.

Ele colocou entre as minhas pernas, tirou a jaqueta e a deixou cair no chão.

Sorrindo, ela desabotoou a blusa e a jogou no chão também.

O sutiã de renda seguiu rapidamente.

Meu pau estava mostrando um pouco mais de vida no momento.

"Pretendo me desculpar fisicamente por minhas ações neste fim de semana". O rosto de Virginia estava arrependido. "Eu espero que você possa me perdoar."

Ele estava prestes a dizer algo que não era necessário quando ela removeu a tampa do tubo de ouro e seu batom vermelho rubi apareceu.

Enquanto eu a observava habilmente cobrir os lábios novamente, minha excitação ficou mais evidente.

Ele esfregou os lábios e olhou para mim.

Seus lábios estavam brilhando vermelhos, mais brilhantes do que nunca.

"Eu pretendo usar minha boca", ele suspirou.

"Oh merda", era tudo o que eu podia dizer.

Minha ereção palpitava e agora eu estava tensa enquanto rezava silenciosamente que esse não fosse um de seus truques.

Ela sorriu com a minha ereção.

"Eu adoraria fazer isso com você", disse ela, caindo de joelhos.

Seus lábios a centímetros da minha masculinidade, ela passou a mão em torno do membro.

Senti o pulso do meu pau quando ela passou a língua por baixo e girou em torno da coroa, sua mão simplesmente o usando como um guia.

Quando aqueles lábios cercaram minha ereção, todos os pensamentos que eu tinha desconfiados desapareceram.

Aqueles lábios de rubi deslizantes criaram uma euforia visual.

Eu já tinha visto isso em minha mente e a realidade era infinitamente mais agradável.

Os lábios de Virginia se separaram do meu pau.

Ela apertou os lábios e beijou carinhosamente a ponta.

Minhas coxas ficaram tensas para não se mover, deixá-la continuar, durar.

Mas minhas coxas estavam falhando.

Aqueles lábios me envolveram novamente, me levando mais fundo.

Eu podia sentir sua língua empurrando e lambendo.

Eu queria avisá-lo, dar-lhe a opção de desacelerar, mas vim forte e rápido demais.

Meus quadris subiram quando eu gritei o nome dela.

Ela abaixou os lábios e chupou enquanto ele ejaculava dentro dela.

Os pensamentos cessaram quando o prazer passou pelo meu corpo.

As bochechas de Virginia afundaram quando ela empurrou meu pau mais fundo em sua boca, deixando-me lidar com o meu prazer sem me sentir culpado.

Ela queria isso para mim.

Virginia beijou meu falo saciado.

Seu beijo me deu diretamente na ponta do meu membro

Ela sabia o que tinha feito e sorriu aquele sorriso perverso e desonesto.

Eu podia ver aqueles problemas de controle nadando em seus olhos.

Ele fez isso sem o chicote, mas ele me colocou exatamente onde queria.

Desta vez, ela não receberia nenhuma reclamação minha.

"Isso foi mais do seu agrado?" Ele perguntou, já sabendo a resposta.

"Sim, senhora", eu respondi brincando.

Eu amei o riso que ele gerou nela.

Ele bateu na minha coxa, levantou a saia e subiu em cima de mim.

"Você vai ficar?" Virginia perguntou com um sorriso forçado.

Seus comentários anteriores voltaram para mim.

Ele não podia acreditar o quão emocionalmente fraca uma mulher tão forte poderia ser.

Então percebi quanto risco ela acreditava ter assumido.

Havia medo em seus olhos que cercavam o medo.

Eu segurei uma resposta sarcástica e me apeguei à verdade que sentia por ela.

"Sim", respondi sinceramente, "eu esperava que você me deixasse passar a noite aqui."

Eu vi seus olhos lacrimejantes antes que seus lábios sufocassem os meus.

Eu podia sentir o corpo dela tremendo enquanto nos beijávamos.

Eu a abracei apertado, querendo reprimir seus medos infundados.

Eu realmente pensei que isso era algum tipo de terapia agradável para ela.

Não mais.

Eu gostei dela nos meus braços.

Eu gostei que ela precisasse de mim.

Ela era mais esperta que o inferno, mas frágil como a porcelana fina por dentro.

Eu até gostei do fogo de controle queimando dentro dela.

Ela era um quebra-cabeça muito sexy.

Meu enigma.

Eu a rolei de lado, seus seios contra o meu peito.

Afastei alguns cabelos rebeldes dos olhos e atrás da orelha.

Ela estremeceu com o meu toque, o que eu achei egoisticamente agradável.

"Eu gostaria de terminar de lavar seu cabelo." Eu disse casualmente enquanto passava minha mão pelos cabelos castanhos dele.

O sorriso dela foi sincero.

"Eu realmente gostaria disso também", ela sussurrou.

Eu podia ver a emoção em seus olhos.

Ela estava pensando em sexo molhado da corrente do chuveiro.

Mas agora o banho de xampu era apenas uma desculpa para me dar tempo para me recuperar.

Foi uma sorte que ela também achou a proposta agradável.

CAPÍTULO 15

Virginia tentou me ensinar como o chuveiro controla.

Achei divertido tocá-la com ternura enquanto tentava me explicar.

Ela percebeu que eu estava perdendo o controle de seus pensamentos, mas ela nunca me repreendeu ou tentou me impedir.

Quando ela desistiu alegremente, eu estava quase tão sem noção quanto quando começamos.

Eu duvidava que ele me deixasse controlar tudo de qualquer maneira.

Desta vez eu fiz bem.

Eu tinha Virginia deitada de costas, ao longo do banco aquecido, com a cabeça pendurada nas minhas coxas no final.

O chuveiro tinha um maravilhoso chuveiro destacável que soprou em uma espécie de névoa suave.

Eu gentilmente molhei o cabelo dela quando fechei os olhos.

Foi maravilhoso tê-la no meu colo quando apliquei o shampoo.

Ela emitiu alguns maravilhosos gemidos, enquanto passava a substância com cheiro de flor em seus cabelos.

"Então, da última vez que estivemos aqui, você estava falando de uma garota", sugeriu a história.

Virginia abriu os olhos e me deu um olhar estranho.

"Você está interessado em Lydia agora?" ela perguntou.

"Então ela era real?" Eu perguntei por.

Virginia tentou se sentar um pouco, então eu a empurrei gentilmente e fui trabalhar na parte de trás do pescoço.

Ela relaxou novamente.

"Sim. Nós possuímos um restaurante muito popular juntos", continuou ele, "eu voltaria se pérguntasse. É algo que você gostaria?"

Isso foi uma surpresa e me atingiu diretamente na cabeça.

Eu estava apenas sugerindo uma história quente, mas essa era uma oferta intrigante.

Essa era uma fantasia que eu nunca imaginei que poderia se tornar realidade.

É claro que, nos meus sonhos, sempre havia de vez em quando uma noite com duas mulheres que eu pensava que nunca mais veria a realidade.

Não sei se me sentiria muito confortável fazendo uma orgia com pessoas que conheço.

"Eu não acho que quero compartilhar você com ninguém", eu disse cuidadosamente, "você me consideraria um hipócrita se eu quisesse saber?"

Ele parecia estúpido quando saiu, mas acho que ele entendeu.

"Você quer saber sobre ela ou apenas as partes sujas?" Ela estava sorrindo enquanto eu massageia seus tesouros.

"Apenas as partes sujas." Eu devolvi o sorriso.

Isso me deu uma risada, seguida por uma história muito suja.

Eu me diverti lendo erótico.

Mas isso não era nada comparado ao quão empolgado fiquei quando ouvi Virginia, sem reservas, descrever sua fuga do banho com Lydia.

Ela não deixou nada sem descrição e eu me vi respirando pesadamente enquanto lavava o cabelo.

Tenho certeza de que algumas partes foram enfeitadas, mas as aceitei como fato.

Eu era, novamente, o homem de aço.

"Veja o que minha história fez com você", gabou-se Virginia.

Ela estava gentilmente acariciando minha ereção.

Ela levantou-se com uma ideia nos olhos.

"Fique assim", ele ordenou e inseriu uma série de comandos no painel de controle.

Esperar.

Ele estava começando a gostar dela sendo mandona, pelo menos quando não havia negação e dor no final.

"Mais do que um sentimento" ecoou pelos alto-falantes quando o grande chuveiro central se moveu para me cobrir suavemente com água morna.

Ela voltou na minha frente, bloqueando uma boa parte do orvalho.

"Mas é hora de uma nova história."

Sua voz era baixa e sedutora.

Aquela voz prometeu tudo.

Virginia, na minha frente, colocou um joelho em cada lado de mim e abaixou os quadris em direção aos meus.

Eu mudei minha bunda para a borda do banco para facilitar.

Ela se posicionou entre minhas pernas e guiou meu pau em sua abertura.

A água caiu em cascata em seus ombros e no meu peito enquanto ela se inclinava contra mim.

Ele soltou meu pau e gemeu quando completou sua descida.

Eu ecoei seu som.

Virginia colocou os dedos atrás do meu pescoço e levou os lábios ao meu ouvido.

"Faz muito tempo desde que deixei um homem entrar em mim", ela sussurrou alto.

Deus me ajude, gostei muito disso.

"É divino", eu disse, e então me lancei.

Saiu da minha boca sem pensar: "Senhora".

Desta vez, ele não disse isso em tom de brincadeira, como havia dito antes.

Desta vez foi sincero.

Sua pélvis parou e ela me olhou nos olhos.

Eu vi medo nela.

"Eu não quero te perder", ele se preocupou.

Eu não tinha ideia de onde isso estava indo.

Só sabia que me sentia bem.

Muito bem.

E ele queria que ela se sentisse bem também.

Eu queria me sentir bem com ela.

"Então deixe-me ir", eu disse com um sorriso diabólico e acrescentei, "Senhora".

Seus olhos se iluminaram e seu sorriso ficou lascivo quando as consequências do que eu disse a aqueceram.

Ela estava prestes a me agradar.

Ela ia nos agradar.

Senti suas mãos agarrarem meu cabelo e puxar minha cabeça para trás quando sua boceta subiu e caiu em volta do meu pau.

Seus lábios se fecharam à força nos meus quando ele me levou.

Os olhos de Virginia arderam com luxúria.

Isso alimentou o meu, embora eu não estivesse em posição de ajudar muito.

O aperto no meu cabelo estava apertando e puxando mais forte.

Eu não tinha ideia de por que gostei ou por que ela gostava de fazer.

Eu apenas sabia que fizemos isso.

Ela quebrou seu beijo violento e puxou minha orelha para seus lábios.

"Vamos nos reunir", declarou com intensidade, "juntos, você entende?"

Eu senti meu pau aparecer com sua pergunta.

Ele não tinha certeza se poderia esperar muito mais tempo.

"Vou tentar, senhora", gaguejei quando o incrível canal quente de Virginia me sufocou de prazer.

Ele sabia que ela podia sentir que ele estava pronto para explodir.

Talvez a história suja não tenha sido uma boa ideia.

Era um pouco mais quente que ela.

"Não é uma opção", disse ele.

Seus quadris pararam no golpe para baixo e ela começou a moer sua pélvis em mim.

Eu senti meu pau tocando em novos lugares dentro dela.

Eu estava à beira do êxtase.

Se não estivéssemos sendo bombardeados com água, o suor estaria cobrindo todo o meu corpo.

Minha respiração estava difícil.

Eu senti sua pélvis se contrair involuntariamente e sua mão apertou meu cabelo novamente.

No segundo momento, ela gritou: "AGORA!"

Deixe-me levar.

A intensidade, combinada com a dor, foi incrível.

Virginia segurou meu cabelo quando ondas de prazer percorreram seu corpo.

Cada empurrão de seus quadris forçava outra onda de leite a ser jogada nela.

Estávamos em perfeito uníssono, dolorosos, felizes.

Virginia soltou meu cabelo e quase caiu de volta no chão.

Eu a peguei a tempo e a puxei em meus braços, meu pau ainda enterrado profundamente nela.

Eu não tinha ideia de onde veio seu desejo de me controlar.

Eu apenas sabia que amava.

Em uma estranha justaposição, agarrei-a pelos cabelos e dei um beijo em seus lábios.

"Isso foi fantástico!" Eu disse fortemente.

Seus olhos sonolentos olharam para os meus.

"Sim, foi maravilhoso", disse ela, e depois sorriu: "Mestre".

Ela caiu nos meus braços e eu a segurei na chuva espessa e quente.

CAPÍTULO 16

O jantar foi um pequeno caso íntimo.

Apenas nós dois nos amontoamos no sofá com comida chinesa que pedimos para ir.

Estávamos cobertos por um cobertor rosa de pelúcia.

Virginia se encaixa nesse estilo muito melhor do que eu.

Rosa não é minha cor favorita.

Estávamos assistindo a um filme de John Wayne, um dos primeiros em cores, eu acho.

Embora fosse basicamente ruído de fundo enquanto comíamos, conversamos e rimos.

Virginia abriu uma garrafa de vinho e conversamos um pouco mais.

Não dissemos uma palavra sobre empresa ou sexo.

Era só para nos conhecermos.

Adorei e fiquei surpreso que ele pudesse ter apenas para mim.

Ele cruzou algumas fronteiras sexuais muito estranhas com ela.

Agora ele sabia mais sobre mim do que qualquer pessoa no mundo.

Acho que sou o único que conhece o interior de porcelana fina.

* * *

A hora de dormir trouxe mais.

Mais de nós.

Ele estava esperando por ela na cama.

Ele tinha planos, planos de concurso.

Eu queria dormir com lembranças de sua suavidade, sua rendição ao meu amor lento.

Ela saiu nervosamente do banheiro.

Eu acho que ele quase voltou para dentro, mas depois decidiu vir para o meu lado da cama.

Estendi minha mão, me perguntando de onde vinha seu medo.

Quando ela largou o roupão, vi seu medo.

Acima do peito esquerdo, acima do coração, ele escrevera 'Richy's' com batom vermelho rubi.

O que saiu de mim foi a verdade.

"Eu também te amo", eu concordei.

Eu acho que ela estava prendendo a respiração até esse ponto.

Ela caiu em meus braços e eu a puxei para mim.

Eu era a cola da sua porcelana fina.

* * *

Virginia, a princípio, era muito melhor que qualquer despertador.

As risadas e a mordida no meu ouvido eram uma maneira maravilhosa de acordar.

Não havia um botão de repetição em cinco minutos.

Ela era uma pessoa da manhã.

Eu sou um tipo de pessoa que acorda lentamente.

Normalmente, são necessários três ou quatro pressionamentos do botão de repetição antes de finalmente desistir e me levantar.

Virgínia já estava banhada e vestida e os primeiros raios de sol nem haviam chegado pela janela.

Eu me virei e me afastei do seu belo ataque.

Talvez ela me desse mais dez minutos.

Os cobertores e lençóis desapareceram de repente da cama.

Meu calor desapareceu e eu me enrolei.

Eu ouvi o zumbido antes da coceira atingir minha bunda.

Levantei-me para me proteger e a vi inocente e sorridente, com as mãos atrás das costas.

"Você me bateu", eu acusei.

Ele deu um passo para trás, seus belos lábios vermelhos sorrindo.

Levantei-me e dei um passo ameaçador para a frente.

Eu pretendia testar o chicote na bunda dela para ver como ela gostava.

"Você tem uma empresa para administrar, amante", disse ele, dando outro passo para trás.

Olhei para o relógio e lembrei onde estava.

Ele provavelmente iria se atrasar.

A vingança teria que esperar.

"Merda", eu admiti e rapidamente fui para o chuveiro.

Cheirava a Virginia.

Eu gostaria de ter conseguido andar com ela, mas chegar atrasado e cheirar a sexo não parecia uma boa ideia.

Agora eu percebi que não sabia como isso funcionava.

Eu estava tentando alguns botões, mas não consegui tirar a água do chuveiro.

Trinta segundos depois, tive que engolir meu orgulho.

"Como você liga essa maldita coisa?"

Eu gritei.

Sua risada era ao mesmo tempo irritante e maravilhosa.

CAPÍTULO 17

"Quero convidá-lo para jantar hoje à noite", disse Virginia do banco do passageiro.

Ela decidiu voltar para mim para pegar seu carro.

"E eu quero ver onde você mora."

A mulher de negócios estava de volta.

Você coloca essa garota em uma saia lápis e jaqueta e de repente ela pensa que pode governar o mundo.

Ele já a conhecia bem o suficiente para entender que ele estava realmente perguntando, não exigente.

"Minha casa é uma pocilga comparada à sua", eu o avisei.

Eu estava tentando lembrar como estava sujo.

Não me lembrava da última vez que fiz uma boa limpeza.

"Tudo bem. Eu pretendo estar muito suja lá", disse ela, depois sorriu.

Minha mente se animou e senti um pouco do calor da noite anterior voltar.

"Senhora Buttingson, você está marcando seu território?" Eu brinquei.

Mas ela realmente levou a sério.

"Sim, acho que estou fazendo", respondeu ela.

Seu sorriso rubi estava delicioso.

"Nesse caso, eu aceito seu convite para o jantar."

Eu amei a idéia dela me reivindicando.

Normalmente, eu me sentiria sobrecarregado.

Mas com Virginia, ele sabia que era apenas sua necessidade de controlar, mas ele entendeu que era mais frágil do que ele disse.

Ou talvez ele só quis me espancar de mais de uma maneira.

***

Janeth me deu um sorriso estranho quando passei pela mesa dela.

Ele se levantou, me seguiu até meu cubículo e sorriu quando me virei para ver o que ele queria.

"Você se divertiu ontem à noite, Sr. Carrington?" Ela perguntou com olhos conhecedores.

Fiquei um pouco envergonhado com a pergunta. Eu era tão transparente?

"Não tenho certeza de que sei o que você quer dizer", eu disse inocentemente.

Eu me virei para um pedaço de papel na minha mesa, esperando que isso deixasse a conversa estranha passar.

"Posso?" Ele perguntou, segurando um lenço que ele havia trazido com ele.

Tenho certeza que corei quando assenti.

Ela agarrou meu queixo como uma mãe preocupada e limpou o batom da minha bochecha.

Eu realmente tive que ficar urgentemente com alguns lenços.

"As mesmas roupas e com a barba por fazer", ele sorriu quando soltou meu queixo. "Eu não acho que cheguei em casa ontem à noite."

"Todas as mulheres são tão observadoras?" Eu perguntei no meu ar amigável.

"Somente aqueles que se importam com você, Sr. Carrington", ela respondeu com uma piscadela.

Ele se virou e voltou para sua mesa.

Se havia alguma razão para fazer essa empresa funcionar, estava lá.

Ele precisava vê-la com dinheiro no bolso e nem um pouco preocupado se um de seus filhos fosse aceito em Harvard.

Passei o resto do dia trabalhando duro.

Agora que não precisava me preocupar com capital, na verdade eu era muito produtivo naquele dia.

Comecei a implementar as idéias sobre as quais eu e a Virgínia conversamos.

A maioria parecia evidente agora que eles estavam na minha mente há um dia.

Ela realmente tinha uma cabeça ideal para os negócios.

Andei pelo escritório e conversei com todos, assegurando-lhes nossa estabilidade.

Eu tinha mais do que alguns olhares sorridentes que me deixaram saber que eles confiavam em mim.

Dei a Ralph o sinal verde para contratar um assistente.

Eu pensei que o homem ia me abraçar.

Fiz isso para acelerar as coisas e por segurança, caso algo acontecesse com Ralph.

Ele pensou que estava fazendo isso para reduzir sua enorme carga de trabalho.

Sendo egoísta, deixei-o pensar que sua versão estava correta.

***

Janeth desligou o telefone quando a tarde terminou.

Ela trouxe uma nota para minha mesa com outro sorriso estranho.

"Ela é um pouco mandona, mas eu não acho que você se importe, não é?" Ele disse, entregando-me o bilhete.

A nota continha o nome de um restaurante, 'The Meet', um endereço e sete horas.

Como Janeth descobriu a Virgínia tão rapidamente?

"Você descobriu isso a partir de uma reserva de jantar?" Peça incrédulo

"Conversamos por mais de trinta minutos." Janeth reprimiu uma risadinha. "Não posso desligar um parceiro. Enfim, eu gosto." Eu sorri com a avaliação de Janeth.

"Eu também gosto", eu concordei, "vocês dois não estão compartilhando histórias sobre mim, estão?"

Eu tinha certeza de que Virginia manteria nossos acordos privados.

Eu tinha medo que minhas falhas de caráter pudessem ser a fonte de diversão compartilhada.

Eu não queria dar a volta no alerta do escritório o dia todo.

"Acho que ele me pediu para ser um espião." Janeth parecia satisfeita. "Fique atento a qualquer competição e relatório. Ela realmente gosta de você."

Eu estava corando

"Todas as mulheres são tão intrigantes?" Perguntei-lhe.

"Somente aqueles que se importam com você, Sr. Carrington", ela respondeu com uma piscadela. "Eu sugiro que você saia cedo e se limpe. A camisa preta que você usava há uma semana parece muito boa para a ocasião."

Eu me perguntei se era Janeth ou Virginia falando.

Janeth? Eu perguntei em um tom falso e sinistro.

"Sim, Sr. Carrington?" Ela perguntou enquanto sorria.

Não consegui deduzir nada do seu olhar.

"Me chame de Richy", eu disse com firmeza.

Isso também poderia facilitar nossas conversas.

Embora eu pensasse que a camisa preta me fazia parecer bobo.

"Obrigado, Richy", ele sorriu enquanto caminhava para a mesa sorrindo.

Secretário, especialista em espionagem e moda.

Eu estava em boas mãos.

CAPÍTULO 18

Cheguei bem na hora em que entrei no 'The Meet'.

Eu não achei que conseguiria.

O estacionamento tinha sido mais difícil do que ele supunha.

O restaurante ficava em uma parte antiga da cidade, construída antes do carro assumir o controle da nação.

Acabei esperando a vez do manobrista.

Como esperado, Virginia estava esperando na mesa.

O sorriso dela era genuíno e muito bem-vindo.

Era um lugar público, então eu decidi apenas beijar sua bochecha.

"Você parece bem", disse Virginia.

Eu me puni por não ter dito algo primeiro.

"Obrigado. Parece que eu tenho um novo consultor de moda no trabalho", eu disse conspiratoriamente.

"Gosto muito de Janeth", sorriu Virginia, "muito organizado e parece conhecê-lo bem".

"Bem, você pode ficar feliz em saber que ela também aprova você." Eu sorri "Estou começando a pensar que estou sendo tratado."

"Todos os homens são tratados, querida." Os olhos de Virginia brilharam. "Alguns mais que outros."

Sua mão encontrou minha coxa debaixo da mesa, um pouco mais alta do que politicamente correta.

Ela retirou a mão após um aperto suave que prometeu coisas interessantes mais tarde.

"Eu mencionei como você é linda?" Eu a achei apertar um pouco mais emocionante do que eu havia calculado: "Eu adoraria te levar para casa agora e engolir os lábios vermelhos".

Eu a fiz corar, em público.

Sua mão retornou e subiu até minha virilha.

Ela o removeu quando sentiu minha emoção.

"Oh, eu amo fazer isso com você." E então a mulher de negócios apareceu. "Primeiro jantar, depois sobremesa", ele ordenou com firmeza.

Eu poderia esperar se precisasse.

De repente, sua expressão mudou e ele rapidamente colocou a palma da mão na minha bochecha: "A menos que seja urgente, quero dizer ... eu não quero ... você sabe, faça doer."

Sua preocupação era evidente.

Eu vi sua apreensão, seu medo confirmado em nosso primeiro dia juntos.

Eu esqueci o público.

Eu trouxe esses lábios de rubi perto dos meus e me certifiquei de que ela soubesse que não havia risco aqui.

Ela derreteu em mim.

Ele podia sentir seu alívio e controle voltarem.

"Jantar primeiro, depois sobremesa", eu sussurrei quando quebrei o beijo.

Eu amei o olhar em seus olhos.

Aquele olhar 'eu tenho você'.

Eu sabia que seria uma noite inesquecível.

* * *

De repente, fiquei surpresa que uma mulher estivesse assistindo nossa demonstração de afeto.

Uma loira madura bem-vestida em pé na beira da mesa com a boca aberta e confusão nos olhos.

Ela não estava vestida como garçonete.

Virginia riu e rapidamente pegou um guardanapo para limpar o batom dos meus lábios.

Isso pareceu surpreender a mulher ainda mais.

"Richy, aqui é Lydia. Minha parceira neste maravilhoso bis para bis, eu te falei", disse Virginia com um sorriso torto de "Governe o mundo". "Lydia, este é Richy."

Eu acho que ela queria adicionar outra coisa no final de sua apresentação.

Mas ela pensou melhor e terminou a frase assim.

Minha mente continuava piscando com as visões de Lydia entre as pernas de Virginia.

Um rival estava me incomodando.

"Oi Lydia", eu disse, sem me levantar do meu lugar.

Ela ficou chocada o suficiente para não ver a luta furiosa que estava tendo.

"Prazer em conhecê-lo, Richy." Lydia quase fez parecer uma pergunta. "Virginia, você não me disse que tinha um convidado."

A surpresa de Lydia começou a evaporar e foi substituída por um sorriso sincero.

Ela continuou olhando entre Virginia e eu, obviamente tentando descobrir.

Virginia ignorou seu comentário.

"Richy, espere até você experimentar a comida dessa mulher", insistiu Virginia, com orgulho em sua voz, "isso vai dar água na boca. O melhor investimento que já fiz."

A declaração pareceu colocar Lydia no modo de choque novamente.

Ela não parecia acostumada a ver Virginia ser elogiada.

Então esse era o negócio de restaurantes dos dois.

"Estou desejando que chegue."

Tentei não me mover visivelmente no meu lugar.

Minhas calças ficaram subitamente desconfortáveis.

Virginia pagaria caro por isso.

Prometi aproveitar cada momento da minha vingança.

Eu me perguntei se Virginia havia exagerado o comprimento da língua de Lydia.

"Vou encontrar o garçom nesta mesa." A compostura de Lydia voltou, junto com seu sorriso acolhedor. "E para ver se consigo acelerar um pouco a cozinha."

"Obrigado, Lydia", disse Virginia, quase parecendo que estava demitindo-a.

Lydia foi em busca do garçom.

"Isso foi particularmente ruim", afirmei.

"Eu pensei que você poderia precisar de algum contexto. Uma história sem contexto é, bem, apenas uma história", explicou Virginia.

"Você percebe o que eu vou fazer com você quando estamos sozinhos ..." Eu o ameacei.

"Estou contando com isso", refletiu Virginia, "decidi que queria ser estuprada hoje à noite. Claro, se for demais para você aguentar, eu poderia levá-lo para a sala dos fundos agora."

Ela estava absolutamente séria.

Eu acho que essa coisa de negação e dor iria pesar sobre nós por um tempo.

Enquanto eu soubesse que o fim estava à vista, meus impulsos poderiam ser sufocados.

"Ah, não. Isso levará algum tempo para planejar", brinquei, "arrebatar é uma arte, não uma ciência".

Eu acho que a vi se contorcer um pouco.

Talvez eu não tenha sido o único com um pensamento vergonhoso.

* * *

O jantar foi tão bom quanto Virginia havia descrito.

Eu tinha a garoupa fresca assada mais saborosa que já provei em uma cama de couve.

Praticamente derreteu na minha boca.

Lydia enviou o vinho perfeito para a mesa para acompanhar a refeição e completar a ocasião.

Virginia e eu conversamos, rimos e gostamos um do outro.

Eu gostava de sair com essa mulher.

Pouco antes do final da refeição, Virginia pediu licença para ir ao banheiro.

Ele se foi apenas por alguns segundos quando Lydia deslizou rapidamente no assento de Virginia.

"O que você fez com ela?" ela perguntou com um sorriso radiante.

"Desculpe?" Ele sabia o que queria dizer, mas não sabia ao certo como responder.

Eu bloqueei

"Eu nunca a vi tão feliz", admitiu Lydia, "agora que penso nisso, nunca a vi mostrar nada além de 'ser uma vadia' em público".

Acho que ela pensou que eu entenderia o comentário dela.

Que ele não levaria isso como um insulto à Virgínia.

Entendi.

Eu decidi dizer a verdade.

"Eu acho que é porque eu a amo", eu disse com uma cara séria.

O rosto de Lydia se iluminou.

"Meu Deus, acho que ela também te ama", disse ele. "Eu não pensei que alguém iria ficar sob essa concha. Por favor, não quebre seu coração. Eu, por exemplo, não gostaria de estar por perto se isso acontecesse."

Não pude conter minha risada.

Veio-me uma imagem de uma Virgínia zangada vagando pelo mundo, e ondas de pessoas sentiram sua fúria ao passar.

"O que é tão engraçado?" Virginia estava atrás de nós com as mãos nos quadris.

Lydia se encolheu.

Eu sorri e joguei minha cabeça para trás.

"Só estou falando de você, meu amor", eu disse com carinho.

Vi a careta de Virginia desaparecer.

Ele me beijou para trás e sentou em uma cadeira vazia.

Lydia parecia não querer mais estar lá.

"Posso saber o que foi dito?" Virginia consultou sua expressão "eu sou o melhor para obter uma resposta".

Lydia não sabia o que dizer.

Mas dizer a verdade um pouco modificada foi a chave, com todas as partes boas, com algumas leves omissões.

"Eu disse a Lydia que te amo. Ela me disse que é melhor você não partir seu coração." Eu realmente gosto quando estou certo.

Uma Virgínia de olhos molhados abraçou Lydia como se eles fossem amigos perdidos.

A confusão de Lydia foi muito divertida para dizer o mínimo.

O relacionamento deles nunca foi além do sexo.

Pelo que pude ver, nenhum dos relacionamentos passados de Virginia significava algo para ela.

Até mim, eles eram todos um meio para um fim e nada mais.

"Isso não significa que você pode perder suas vendas neste trimestre", disse Virginia, chorosa, enquanto limpava os olhos.

Lydia sorriu quando a dama de negócios mais familiar apareceu.

"Eu não sonharia em decepcioná-la, senhora ... Buttingson."

Lydia se controlou e perdeu o sorriso.

Seus olhos se voltaram para mim e depois se afastaram com culpa.

Pelo bem dele, fingi que não tinha notado.

Felizmente, Virginia fez o mesmo.

"Estou muito feliz por vocês dois." Lydia se recuperou rapidamente e se levantou. "Eu tenho que atender os outros clientes, então aproveite o resto da noite."

Nós nos despedimos graciosamente quando ele saiu, verificando as mesas ao longo do caminho.

Quando ela estava fora do alcance da minha voz, fui para a Virgínia.

"Sua história me deixou com a impressão de que ela era mais como uma namorada", eu disse com um brilho nos olhos.

"Eu pensei que você gostaria mais assim", disse Virginia, seu sorriso maligno novamente.

Ele se inclinou no meu ouvido e sussurrou:

"Eu não achei que você quisesse ouvir sobre as listras que marquei na bunda dele ou o quanto ele aprendeu a apreciá-las."

Senti um calafrio passar por mim.

"De verdade?" Eu gaguejei.

Novas visões apareceram atrás dos meus olhos.

"A garota é deliciosamente bagunçada quando goza", sussurrou Virginia, enquanto fazia cócegas no meu ouvido, "a visão dela murchando e cobrindo os lençóis era tão bonita."

A vida com Virginia nunca seria chata.

Meu pau simplesmente amou sua voz.

"Eu vou te levar para casa agora", eu o informei.

Poderia ter sido uma caminhada embaraçosa até o carro, mas esperar não era mais muito desejável.

"Eu pensei que você nunca pediria", ela sussurrou.

"Eu não fiz", eu disse com falsa bravura.

Virginia riu e me deixou pensar que eu estava no comando.

CAPÍTULO 19

Aquela noite e as noites e dias seguintes foram os melhores da minha vida.

Aprendemos os limites um do outro e depois os expandimos.

Para mim, esse era um mundo totalmente novo.

Para ela, era um universo completamente novo.

Eu vi seus lábios vermelhos nos meus sonhos.

Eles eram bons sonhos.

Sempre me surpreendia quando aqueles rubis me acordavam de manhã.

E a empresa estava no mesmo caminho rápido que meu coração.

Minha equipe estava em risco.

Tudo o que fizemos saiu cheirando a rosas.

Estávamos todos vendo cifrões em nossos sonhos.

* * *

Sexta à noite foi minha primeira calma no paraíso.

Virginia teve um compromisso anterior.

Na verdade, me senti bem com isso.

Eu não tinha certeza se conseguiríamos acompanhar o ritmo que estávamos carregando por muito mais tempo.

Além disso, disse que o sábado seria todo meu.

Eu pensei que poderia emprestar para o resto do mundo por uma noite.

Então passei a sexta à noite lavando e limpando meu apartamento.

Eu tive que rir da ironia.

Aqui ele estava em um relacionamento comprometido, mas estava sozinho na sexta à noite.

Meu pobre pênis pode tirar vantagem do resto de qualquer maneira.

CAPÍTULO 20

Parei na casa da Virgínia no sábado de manhã.

Escusado será dizer que ele estava de muito bom humor.

Tínhamos planos de dar uma volta pelo zoológico e sair para almoçar ou jantar, o que ocorrer primeiro.

E encontros sexuais não planejados seriam um fato.

Embora eu estivesse começando a pensar que Virginia realmente planejou a maioria deles.

Aceitei a ilusão porque me convinha.

Mas minha vida foi destruída quando abri a porta.

Virginia estava nua e ajoelhada no mármore frio no centro do hall de entrada.

Suas mãos estavam atrás das costas e sangue escorria de sua boca.

Ele estava repetindo 'me desculpe' como um mantra enquanto olhava para o espaço.

Eu congelei por um segundo, pensando que talvez fosse algum tipo de truque.

Saí do transe e corri até ela, chamando-a pelo nome.

Ele tinha hematomas por todo o lugar e seus olhos não me viam.

Puxei-a para mim na tentativa de me reconhecer.

Ela estava hiperventilando seu mantra e nem sabia que eu estava lá.

Meu coração se partiu.

Alguém quebrou meu anjo de porcelana.

Eu segurei enquanto puxava o telefone do meu bolso.

Mas duas mãos fortes agarraram minha camisa, me levantaram e me jogaram contra a parede.

A parte de baixo das minhas costas bateu nos azulejos, momentaneamente paralisando minha espinha.

Meu telefone voou.

Através das estrelas que apareceram na minha cabeça, vi uma espécie de montanha de homem se mover em minha direção.

Forcei-me a levantar, tentando formar algum tipo de defesa.

Mais rápido do que eu pude reagir, uma grande mão envolveu meu pescoço e me prendeu contra a parede e começou a me levantar.

A outra mão atingiu meu estômago.

Eu estava sufocando no meu próprio vômito.

"Então você é o filho da puta que encheu a cabeça da minha irmã com merda", ele rosnou.

Seus olhos não deixaram espaço para piedade.

Eu lutei para puxar o braço dele, para diminuir a tensão no meu pescoço.

"Ela é minha, pequeno inseto. Ela sempre foi."

Sua declaração foi seguida por outro punho.

Eu não conseguia respirar o suficiente para gritar.

A sobrevivência faz coisas estranhas à mente.

Ele traz de volta memórias de coisas que você não pensava há anos.

Eu tive uma aula de defesa pessoal uma vez, quatro horas completas no Exército.

Foi pouco antes de nossa unidade ser enviada ao Afeganistão por um curto período de tempo.

"Os americanos não lutam de maneira justa", disse o sargento. "Usamos tecnologia e logística para matar nossos oponentes antes que eles saibam que estão em uma briga. Mas, como sempre, as coisas ficam complicadas e você pode se achar em uma luta justa. Os talibãs não têm o poder de nossa tecnologia nem de nossas armas. Eles são empilhados com treinamento corpo a corpo. Eu só tenho quatro horas para ensiná-los a sobreviver a uma luta justa. Infelizmente, isso levaria anos, então eu vou ensinar a trapacear". Eu ainda podia ouvir sua voz rouca. - Eles vão usar o que encontrarem como arma. Seu capacete, pendurado na tira do queixo, é uma maça maravilhosa. Forte o suficiente para quebrar ossos. Sua equipe está pendurando uma cantina cheia de água.

não tente ameaçar esses caras com seus punhos. Eles serão superados. Então é melhor você acertá-los até a morte com a coronha do seu rifle. Qualquer coisa para mantê-los a uma distância de um braço. Se tudo mais falhar, quero que você lembre-se: em olhos e ouvidos. Foda-se e eles vão deixar você ir. E os ouvidos saem como cascas de banana; eles vão deixar você ir. "

Tudo o resto havia falhado.

Eu estava morrendo lentamente.

Soltei o braço dele, afundei-me mais profundamente no estrangulador e depois agarrei seus ouvidos.

Seu grito foi mais alto do que eu esperava quando puxei com toda a minha força.

O sargento estava certo: ele me libertou.

Larguei a carne dela, peguei a lâmpada na sala e a virei.

O som era nojento quando a base da lâmpada afundou na lateral do rosto dele.

Ele caiu de joelhos e caiu no chão.

De repente, só houve silêncio, exceto o mantra da Virgínia.

Larguei a lâmpada e tomei meu café da manhã.

Eu rastejei, ofegante, para o meu telefone.

Tudo estava morto.

Todos os meus sonhos, pelo menos os que importavam, se foram.

Liguei para o 911 e me arrastei para o meu amor quebrado.

Ela não podia me ver ou me ouvir.

Tudo o que ela estava desmoronou.

Eu a mantive assim até que eles me afastaram dela, seu mantra ainda ecoando.

E eu quebrei então.

CAPÍTULO 21

Os meses que se seguiram foram uma prévia para o inferno.

Os tablóides descobriram sobre a história e a grande imprensa seguiu o exemplo.

Histórias sujas alimentavam os jornais.

Riqueza, incesto, estupro, espancamentos e Virgínia não perderam lugar nenhum.

Ela era o que seu irmão havia criado.

Apenas uma casca amarga forjada por anos de tormento.

Eu poderia encontrá-lo dentro da concha, mas então, uma manhã, eu o perdi.

O mundo era negro para mim; Não havia cor.

Dediquei-me totalmente à empresa.

Eu me tornaria um chefe ditatorial nascido do ódio que não tinha para onde ir.

Eu queria e precisava que outros sentissem minha dor.

Saí cedo uma manhã, levando Janeth às lágrimas.

Andei pelas ruas e encontrei pouco alívio para minha angústia.

Tanto o funcionário quanto o artista tentaram me convencer disso.

Eles ouviram as histórias e reconheceram meu rosto.

Mas o dinheiro comprou dor.

Sua ganância anulou a razão.

Aproveite.

Foi a minha 'colheita' por escolha.

* * *

Voltei naquela tarde pela metade.

Pedi desculpas, através das minhas lágrimas, a Janeth.

E dei desculpas mais embaraçosas aos outros.

Todos entenderam, mas nunca entenderiam completamente.

Voltei para mais dor no dia seguinte.

Adorei a sensação de ser esculpida.

Deixou-me lembrar dela e esquecer o que vi naquela manhã de sábado.

Eu senti falta da minha puta.

* * *

Eles não deixaram ninguém vê-la durante o primeiro mês.

Fiquei arrasada quando ela se recusou a me ver em seguida.

Eu adicionei mais dor ao meu dia.

Não seria suficiente.

Foi Lydia quem me encontrou, bêbado e no telhado do meu prédio.

Ele não ia pular, embora cair fosse uma possibilidade diferente.

Ela, a única pessoa que sabia metade do que estava acontecendo comigo, me abraçou.

"Ninguém sabia, Richy", disse meu ser bêbado.

"Ele quebrou porque eu não estava lá!" Eu gritei.

Mas não me afastei do abraço dele.

Isso me lembrou da Virgínia.

"Apenas dê tempo a ele. Nossa Virgínia voltará e nos enviará em pouco tempo", ele argumentou e me abraçou com mais força.

Eu não pude deixar de rir disso.

Aquele primeiro dia com Virginia fora uma maldição.

Mas eu mudaria todos os dias, de agora em diante, para viver essa maldição novamente.

Pelo menos Lydia entendeu isso.

* * *

Passamos a tarde trocando histórias sobre Virginia.

À sua maneira, Lydia amava Virginia.

Virginia levou a "The Meet" um grande sucesso e revelou a Lydia partes dela que permaneceram escondidas.

Virginia sempre teve medo de contato descontrolado.

Lydia havia chegado muito cedo uma vez e foi afetada pela raiva de Virginia.

Foi a minha massagem, a que eu copiei do navio de cruzeiro, que começou a quebrar sua concha.

Início lento e suavidade controlada.

Isso alimentou sua necessidade reprimida de toque humano.

Sua confusão, misturada com raiva, quando eu lidei com sua bunda fazia sentido.

Muito do que estava acontecendo com a Virgínia fazia mais sentido enquanto conversávamos.

"Eu só queria que ela me deixasse visitá-la", eu disse enquanto o álcool evaporava lentamente do meu sistema.

"Você acha que isso a impediria?" Lydia perguntou com firmeza. "Se você disse a ela que ela não podia vê-lo, você acha que isso poderia fazê-la mudar de idéia?"

Eu sorri com o pensamento.

Eu tinha mergulhado na autopiedade, enquanto a mulher que eu amava mergulhou na dele.

"Foda-se não!" Respondi: "ela me curvava e me fazia rastejar de joelhos e mãos para pedir perdão".

Lydia assentiu com um sorriso conhecedor.

Dei um beijo na bochecha de Lydia.

"Eu vou pegar minha cadela de volta."

CAPÍTULO 22

Virginia estava em um estabelecimento privado fora do alcance da imprensa.

Era o melhor lugar que seu dinheiro poderia comprar.

Era mais um clube de campo do que um hospital psiquiátrico.

Entrei na seção de visitas na segunda-feira, com um Kindle carregado até a borda.

Eu tinha um plano e levaria alguns dias para implementá-lo.

Ele sabia que ela era teimosa e se chamava Virginia.

"Por favor, informe Virginia Buttingson que Richard Carrington está aqui para visitá-la."

Eu já sabia qual seria a resposta da enfermeira, mas em um lugar como esse, o pedido viria da Virgínia.

Sentei-me e me acomodei na sala de espera.

E enquanto eu leio.

* * *

Repeti a mesma operação depois do almoço, sentei-me e li um pouco mais.

Por mais dois dias, repeti o processo.

A única vantagem é que fui capaz de subir na minha lista de tarefas.

No quarto dia, eu isquei o anzol um pouco mais.

"Por favor, informe Virginia Buttingson que Richard Carrington não trabalha há quatro dias."

As sobrancelhas da enfermeira se ergueram ao meu pedido.

"Palavra por palavra, se você fosse tão legal."

Sentei-me e comecei a ler.

Eu não conseguia nem terminar um capítulo.

"Sr. Carrington", disse a enfermeira.

Ela tinha um sorriso no rosto.

Acho que nos gostamos nos últimos dias.

"O Dr. Hincking gostaria que eu o visse em seu consultório."

Levantei-me com um olhar bastante presunçoso no rosto.

Meu bebê ainda estava preocupado com seus investimentos.

Ela não poderia ter ido completamente.

"Senhor Carrington ..."

Mas eu rapidamente interrompi o médico.

Richard, por favor. Ele ainda estava um pouco animado.

"Ok, Richard", continuou o médico, "a sra. Buttingson concordou em se encontrar com você enquanto eu estiver presente. Acho que ela quer que você aja como um amortecedor. Você pode não estar satisfeito com o resultado."

Eu sorri para o médico.

Eu não tinha ideia do que Virginia precisava.

Ele precisava da concha de volta e esse idiota provavelmente estava tentando destruí-lo para sempre.

"Você não se importará se eu ficar um pouco mais otimista, não é?"

Parecia um grande idiota, mas era o que Virginia diria.

Ela ficaria melhor fazendo isso.

O médico perdeu a falsa amizade que estava tentando projetar.

"A vergonha dele é profunda, Richard. Não quero que ele desfaça o quão longe ele chegou."

O médico estava em tratamento regular.

Isso nunca funcionaria com a Virginia.

Ela precisava do meu remédio para colá-lo novamente.

"Mantenha seus comentários sobre 'hoje'; não faça promessas que não podem ser cumpridas. Ela precisa de estabilidade e verdades sólidas, não sonhos."

"Ela especificou que deveria ter o que me dizer?"

Eu estava ficando arrogante.

Vi a irritação no rosto do médico quando ele percebeu que talvez não cooperasse.

Foi assim que as pessoas se sentiram quando Virginia jogou todo o seu peso.

Foi um pouco intoxicante.

Ele apenas se concentrou em seu objetivo e arruinou todos aqueles que tentavam desacelerá-lo.

"Tudo bem. Eu avisei agora que eu o aconselhei a não fazê-lo." O médico ficou furioso, mas eu fiquei feliz. "É minha opinião que seu tipo de relacionamento não fará nenhum bem. Agora você precisa de um relacionamento mais tradicional." Eu sorri com sua ignorância. "Bem, eu te avisei da melhor maneira que pude. Vou agir como mediador e fazer sua opinião ser ouvida. Mantenha a visita cordial e, por favor, não fique bravo com ela se ela não entender as coisas do seu jeito."

"Isso não é antagônico. Entendi, doutor."

Eu sorri com o seu suspiro.

Eu estava me divertindo mais do que deveria.

O médico era um idiota pomposo de qualquer maneira.

Ele pegou o telefone e disse à secretária para deixar Virginia entrar.

Virginia entrou e eu tentei não fazer careta.

Parecia ter se dobrado.

Ela disse "olá" fracamente, com uma dose adicional de timidez.

Eu apenas balancei a cabeça e a vi caminhar lentamente, quase cambaleando, para o outro lado do sofá.

Um bom abismo de um metro e meio de couro nos separou.

Eu deixei o idiota liderar a conversa.

Ele passou alguns minutos monologando sobre cura e novos começos.

Passou por uma orelha e eu saí pela outra.

Acho que ele decidiu fazer alguns exercícios emocionais de construção.

Foi um erro dele, não meu.

"Agora, Virginia, quando você olha para Richard, o que vê?" perguntou clinicamente.

Eu olhei para Virginia, que estava lutando para olhar para mim.

Sua vergonha era evidente; suas forças foram tiradas dele.

"Medo", ele disse calmamente, "talvez vergonha e perda".

Ela cobriu os olhos antes de terminar.

Até seus lábios haviam perdido o brilho.

"Isso é mais difícil do que eu pensava", disse ele, olhando para o sofá.

"É assim que curamos, Virginia", o médico a consolou.

Então ele cometeu seu segundo erro.

O primeiro foi me deixar entrar na sala.

"O que você vê quando olha para Virginia, Richard?"

"Alguém por toda a vida", respondi rápida e claramente.

Eu estava olhando diretamente para Virginia, inabalável em minha devoção.

Sua cabeça estalou com a minha palavra.

"Você pode esclarecer isso?" O médico perguntou nervosamente.

"Não importa", ele estava pronto para enganar o médico.

Esses meninos sentimentais são todos iguais.

Muitas palavras, mas não o suficiente.

Virginia estava olhando para mim.

Vi que sua força estava voltando.

"Eu pensei que nós conversamos sobre não fazer promessas, Sr. Carrington."

O médico estava cada vez mais irritado.

Eu acho que ele sentiu que o estava ignorando.

E assim foi.

"Não importa que?" Virginia perguntou um pouco mais claramente.

O corpo dela se inclinou para o meu.

Eu era a cola dele.

"Não, eu já disse isso."

Eu nunca tirei meus olhos dos dela.

Eu vi o medo dele desaparecer, o que me fez sorrir.

Ela sorriu de volta para mim.

Era seu sorriso amigável e acolhedor.

Nós estávamos quase lá.

"Eu acho que vou ter que terminar ..."

Interrompi o bom médico antes que a terapia dele arruine minha menina por toda a vida.

"Cala a boca!" Eu pedi com veneno.

Ele estava usando o meu rosto 'vou arrancar seus ouvidos' quando me virei para ele.

Surpreendentemente, ele fechou a boca do caralho.

Voltei com meu sorriso para Virginia.

Ela havia se arrastado completamente sobre o sofá e estava se movendo lentamente em minha direção.

Não fiz nenhum movimento em sua direção.

Esperar.

"Não importa que?" ele repetiu quando se aproximou ainda mais.

Seu sorriso e olhos mudaram para um olhar mais forte.

Mais dela estava de volta.

Só havia mais uma coisa a dizer.

"Sim senhora."

Coloquei tudo o que tinha nessas duas palavras.

Eu ouvi o médico ofegar.

Virginia pulou para frente e nos meus braços.

Seus olhos estavam vivos novamente.

Ela colocou a bochecha ao lado da minha.

"Eu preciso amarrar você, segurar você", ela sussurrou.

Eu podia sentir sua necessidade de controle.

Ela havia perdido muito nos últimos dois meses.

"Há uma loja de ferragens a alguns quilômetros abaixo da estrada."

Eu estava noivo.

Ela valia tudo.

"Isso pode te machucar."

Ela estava quase chorando quando disse isso.

Ele embalou minha cabeça em suas mãos e olhou para mim com os olhos molhados.

Fui assombrado pela necessidade de me controlar completamente e pela necessidade de me amar.

Tudo o que vi foi amor.

Estendi a mão e puxei a gola da minha camisa, quase rasgando-a, para expor meu peito esquerdo.

Uma tatuagem elaborada que soletrava 'Virginia' estava no meu coração.

Arte intrincada, nascida de horas de dor.

Eu a queria além da razão e aceitei o que ela precisava de mim.

Ele me recebeu.

Virginia levantou-se elegantemente e olhou para o médico com desdém:

"Estou indo embora, doutor."

A cadela estava de volta.

O médico sabiamente apenas assentiu.

Eu acho que vi um pouco de medo em seus olhos.

Levamos menos de quinze minutos para sairmos de lá.

A embalagem normal foi ignorada em favor do método rápido de tudo, que cai na mala.

Quando ele fechou a mala, algo passou por sua mente e ele olhou para mim com olhos sérios.

"Tudo bem se nós nunca conversamos sobre minha família?" ela me perguntou.

A última deriva "sensível à luta" para curar também não é ela.

"Eu preferiria que nunca falássemos sobre ela", respondi.

Amaldiçoei o dia em que conheci o irmão dela e suspeitei que o resto da família também fosse ruim.

Virginia sorriu e pegou o cabelo da parte de trás da minha cabeça e aproximou meus lábios dos dela.

Eu senti sua força no beijo e que viajou diretamente para minha virilha.

Ela separou meus lábios e apontou para sua mala.

Eu sorri e peguei.

"Eu vou machucá-lo porque preciso. Não vou negar", Virginia disse com um sorriso malicioso, "e temos que parar para comprar um batom."

Fazia dois meses desde que eu tive uma ereção.

Meu pau estava compensando o tempo perdido.

"Eu amo fazer isso com você", ela ronronou enquanto olhava entre as minhas pernas.

A noite foi requintada.

FIM

162

DOMINATRIX, CONSELHEIRA MATRIMONIAL DE ERIKA SANDERS

PRIMEIRA PARTE:
20 anos de casamento

CAPÍTULO 1

Foi mais uma noite de sexo sem graça.

Mas nenhum deles reclamou.

Após 20 anos de casamento, o sexo se tornou uma rotina mais do que qualquer outra coisa.

Rachel voltou para a cama depois de lavar entre as pernas.

Ela apagou a luz, ficou embaixo das cobertas e deitou-se ao lado do marido.

"Isso foi adorável", disse ele.

"Foi", respondeu Roger. "Um pouco melhor desde que os meninos vão para a faculdade, certo?"

Ela o cutucou com o cotovelo.

"Que coisa horrível você diz."

"Mas você tem que admitir que é bom que não tenhamos mais que manter as coisas em silêncio. E podemos deixar a porta aberta".

Rachel pensou por um momento.

"Acho que sim. Mas ainda sinto muita falta deles."

"Eu também."

Ela fechou os olhos.

"Boa noite."

"Boa noite, querida", ele respondeu, beijando-a na testa.

CAPÍTULO 2

O dia seguinte foi um dia de trabalho típico para Rachel.

Ela era contadora de uma empresa de contabilidade de nível médio.

Com o recente crescimento econômico no centro da cidade, ele tinha muito trabalho a fazer para novos clientes.

Durante o almoço, ela comeu com o mesmo grupo de mulheres que havia comido nos últimos anos.

Eles conversaram sobre seus tópicos habituais: fofocas, notícias sobre entretenimento, família, filhos, novas receitas etc.

Eles eram todos melhores amigos e sempre gostaram da companhia um do outro.

Eram quase seis da tarde quando Rachel chegou em casa.

O carro de Roger já estava na garagem.

Quando ele entrou na casa, estava particularmente quieto.

Roger costumava dizer rapidamente "olá".

Ela ligou para ele, mas não obteve resposta.

Quando Rachel entrou na cozinha, um par de braços envolveu seu corpo por trás.

As mãos tocaram seu peito lascivamente.

Ela gritou em voz alta.

"Está bem!" ele disse, liberando-a. "Sou eu! Sou eu!"

Ela rapidamente se virou para ver um olhar atordoado no rosto de Roger.

Ele claramente não esperava que sua esposa reagisse assim.

"Deus! Roger! Você nunca mais me assusta assim!"

"Queria te surpreender".

"Como isso foi uma surpresa?" ela estava furiosa. "Você me assustou à luz do dia. Eu pensei que eles estavam me atacando!"

"Desculpe. Eu só estava tentando ser romântico."

"Não há nada romântico em ser tocado dessa maneira."

"Desculpe. Eu não farei isso de novo."

Rachel levou um momento para se acalmar.

"Eu não quis ficar tão bravo. É apenas, por favor, seja um pouco mais atencioso com suas surpresas, ok?"

"Nós nunca mais nos divertimos. Você notou?"

"Por favor, Roger, não estou com disposição para isso agora."

"Ok", ele assentiu em derrota.

Rachel se virou e foi para o quarto para trocar de roupa.

Sentou na cama e suspirou.

CAPÍTULO 3

No dia seguinte.

Rachel estava na frente do computador fazendo seu trabalho de contabilidade.

O telefone dele tocou.

Era o marido dela.

Ela atendeu a ligação e, quando Roger disse que era importante, ela disse para esperar um momento enquanto saía para ter mais privacidade.

Ele se perguntou sobre o que seria a ligação.

Roger raramente ligava enquanto ela estava no trabalho.

Ele supôs que não poderia ser por causa de sua luta ontem, porque ele já havia resolvido na mesma noite.

"Sim?" Ele disse quando estava do lado de fora, longe dos outros colegas de trabalho.

"Vamos fazer uma viagem na próxima semana", ele respondeu sem rodeios. "Há um lugar tranquilo onde podemos chegar perto da costa."

"Eu realmente não posso. As coisas estão muito ocupadas com o meu trabalho agora."

"A minha também é assim. Mas podemos fazer um buraco. Podemos ir na próxima sexta-feira e passar o fim de semana. Apenas tire um dia de folga do trabalho."

"Mas não há necessidade disso", respondeu ela, tentando argumentar com ele. "Eu não estou bravo com você. Não esclarecemos isso ontem à noite?"

"Não é sobre ontem. É sobre o nosso casamento."

Essas palavras enviaram um choque completo pela espinha aos pés de Rachel.

Ele sempre assumiu que seu casamento era forte e que deu a Roger tudo o que ele sempre quis de uma esposa.

"Nosso casamento está com problemas?" ela perguntou.

"Não fale assim. Mas há uma maneira de tornar nosso casamento ... melhor ..."

Outro sinal caiu em sua espinha.

"Sobre o que é essa viagem?"

"Acho que há alguém que pode nos ajudar."

"Um conselheiro matrimonial?" ela perguntou surpresa.

Parou por um momento.

"Sim. Algo assim. Um conselheiro matrimonial."

"Não estamos fazendo tanto mal, estamos? Pensei ... pensei ..."

A voz de Rachel estava ficando sufocante e seus olhos estavam molhados.

"Não estamos fazendo nada de errado", respondeu ele, tentando tranquilizá-la. "Mas acho que podemos melhorar. Isso é algo em que venho pensando há algum tempo."

"Tudo bem. Se você acha que é o melhor."

"Obrigado, querida. Me desculpe, eu liguei para você no trabalho. É uma coisa de última hora. Ela tinha uma vaga de última hora em sua agenda e queria tirar vantagem disso."

Rachel levantou uma sobrancelha.

"Ela? O conselheiro é uma mulher?"

"Sim."

"O que você sabe sobre essa pessoa? Por que precisamos viajar tão longe para ele?"

"Vou explicar mais tarde. Mas ela tem uma reputação única. E acho que ela fará maravilhas por nós."

"Se é isso que você quer, tudo bem."

"Estou feliz que você esteja aberto a isso. Vamos discutir os detalhes hoje à noite."

"Tudo bem tchau."

"Adeus."

A ligação terminou e Rachel ficou chocada com o telefone na mão.

Uma bomba caíra sobre ela, mas ela percebeu que faria o que fosse necessário para manter seu casamento forte.

CAPÍTULO 4

Vários dias depois.

Rachel estava de pé no quarto dobrando as roupas para a próxima viagem.

Ela sabia que o tempo estava quente, então ela arrumou as camisetas, shorts, sandálias e trajes de banho que Roger disse para ela vestir, pois eles estariam perto da praia.

Ela não queria ir, não apenas porque a idéia lhes custaria milhares de dólares, mas porque ela precisava passar muito tempo no trabalho, e esse dia perdido seria um dia que ela teria que compensar.

Mas se isso era a melhor coisa para o seu casamento, então você não queria brigar por isso.

O que mais o incomodava era que Roger estava sendo extraordinariamente escasso e preguiçoso em relação ao aconselhamento matrimonial.

Em todos os anos de casamento, eles sempre foram abertos a tudo.

Nunca houve segredos.

Nunca houve mentiras.

É por isso que o casamento deles foi tão bem sucedido.

Até agora...

Ela passou muito tempo se perguntando por que Roger queria ver um conselheiro.

O que acontece com o nosso casamento?

Eu pensei que estava tudo bem.

Eu pensei que tudo estava perfeito entre nós.

É sexo?

Já não sou bom o suficiente?

Você quer mais alguém?

Ele está tendo um caso?!

A mala estava quase cheia.

Só faltava colocar o maiô.

Havia um casal de velhos em seu armário.

Que ela não usava há anos.

Ele se despiu na frente do espelho.

Ela olhou para o corpo nu.

As leves linhas em seu rosto haviam crescido.

Seus seios anteriormente muito alegres começaram a ceder.

Seus quadris estavam ficando mais grossos, apesar da aeróbica.

A verdade é que não é de admirar que Roger queira ver um conselheiro.

Ela vestiu o maiô e posou na frente do espelho.

Você vai gostar disso.

Naquele momento, Roger deixou seu escritório em casa e se aproximou de Rachel com uma careta.

"O que acontece?" ela perguntou, ainda de maiô.

"Acabei de falar com meu chefe. Um de nossos clientes acabou de entrar com um processo multimilionário. Não posso mais viajar."

Ela o olhou nos olhos e sabia que Roger estava dizendo a verdade.

Um raio de esperança passou pela mente de Rachel.

Ela estava feliz que a viagem provavelmente tivesse sido cancelada.

"Isso é muito ruim", ela respondeu. "Isso significa que a viagem foi cancelada?"

"Não faz sentido cancelar a viagem inteira porque eu já paguei os vôos e as providências consultivas. Você deve ir sozinho."

Ela estava surpresa.

"Você quer que eu veja um conselheiro matrimonial sozinho? Qual é o sentido disso?"

O suspiro.

"Rachel, eu te amo muito. Eu te amo mais do que tudo. Você é o amor da minha vida."

"Oh Deus, você está tendo um caso. Não é? Há mais alguém, certo?"

"Não, não é assim", disse ele enfaticamente. "Eu nunca trairia você. Eu nunca o fiz e nunca o farei."

"Então, o que está acontecendo? Nos últimos dias, você foi muito evasivo com esta viagem. Nunca antes você foi tão reservado."

Ele suspirou novamente e balançou a cabeça.

"Desculpe. Não fui completamente honesta com você. Acho que não sou tão corajosa quanto pensei."

"Diga-me o que é isso?"

"Confia em mim?"

"Claro que sim. Se você tiver um caso, apenas me diga. Nós podemos descobrir."

"Eu não estou tendo um caso, Rachel. Mas acho que deve haver mudanças em nosso casamento."

"Eu não sou mais bom o suficiente?" ela perguntou.

"Pare de dizer coisas assim. Você é minha esposa. Eu te amo mais do que qualquer coisa."

"Então por que você não está sendo honesto comigo?" exigido.

Ele balançou sua cabeça.

"Estou tentando ser honesto. Mas não posso. Isso não é fácil. Acredite, eu gostaria que tudo fosse fácil."

"Eu não te entendo mais, Roger."

Uma tristeza apareceu em seu rosto.

"Você pode me prometer que ainda vai? Eu sei que é difícil continuar assim, mas eu não perguntaria a menos que achasse que isso poderia ajudar a salvar nosso casamento."

"Você acha que nosso casamento precisa ser salvo?" ela perguntou, com lágrimas nos olhos.

"Por favor, não torne isso mais difícil, Rachel. Você pode me prometer que irá sozinha? Quero que conheça a conselheira e ouça o que ela tem a dizer. Apenas ouça e, se você não gostar, volte para casa. Por favor, Peço ".

Lágrimas já estavam escorrendo pelo rosto dela.

Rachel se afogou neles e mal podia falar.

Então ela abraçou o marido e deu-lhe um grande abraço sufocante.

Ele não ia perder o casamento, então não importa o custo.

SEGUNDA PARTE:
Lady Samantha e a esposa

CAPÍTULO 5

Rachel viu um homem bem vestido depois de deixar o terminal do aeroporto com sua bagagem.

O homem estava segurando uma placa com o nome dele.

Eles falaram e confirmaram a identidade de ambos.

Ela entrou no carro de luxo por uma viagem de cerca de trinta minutos até chegarem ao destino.

Ela esperava chegar a um prédio de escritórios.

Mas ele ficou surpreso ao ver que o destino era na verdade uma casa grande perto da praia, que mais parecia uma mansão.

O dono do lugar era uma pessoa muito rica.

E o proprietário definitivamente não era um conselheiro matrimonial comum.

O carro parou na calçada.

O motorista foi até o porta-malas para retirar a bagagem.

Nesse momento, a porta da frente da mansão à beira-mar se abriu e uma mulher alta e escultural apareceu.

Ela parecia deslumbrante, na casa dos trinta, com longos cabelos ondulados e um corpo modelo.

"Você deve ser Rachel", a mulher sorriu. "Eu ouvi coisas maravilhosas sobre você."

"Essa sou eu. E você é?"

"Samantha. Bem-vindo à minha casa."

As duas mulheres apertaram as mãos calorosamente.

"Que lugar bonito. Eu certamente não esperava nada assim."

"A maioria das pessoas não. É uma pena que seu marido não tenha podido vir".

"Você conhece meu marido?" Rachel perguntou.

"Viajo muito com meu pai a negócios e já vi seu marido várias vezes. Mas podemos conversar mais sobre isso mais tarde. Tenho certeza de que você está exausta. Deixe-me mostrar-lhe primeiro o seu quarto."

Samantha levou Rachel junto com o motorista pelas escadas da grande mansão até o quarto de hóspedes.

O motorista colocou a bagagem no quarto e saiu.

Rachel estava em constante estado de admiração enquanto olhava para a mansão.

Ele não conseguia descobrir quanto tudo valeria a pena.

"Vou deixar você tomar banho e descansar", disse Samantha. "As toalhas estão no mesmo banheiro. Venha para a praia por volta das seis da tarde. Podemos assistir o pôr do sol juntos e tomar um pouco de suco de frutas frescas."

"Isso parece delicioso".

Samantha sorriu.

"Nos vemos então".

CAPÍTULO 6

Rachel tomou um banho frio e relaxou.

O quarto de hóspedes da casa era melhor do que qualquer quarto de qualquer hotel de luxo em que ele havia ficado.

Tudo era puro luxo e classe.

Ele se perguntou o que Roger havia planejado.

***

Seis horas chegaram e Rachel desceu as escadas, vestida casualmente para o clima quente em que estavam.

Ele saiu para a praia e descobriu que a vista era linda.

Eu tinha esquecido o quão bonito o oceano poderia ser, especialmente durante o pôr do sol.

Ele viu Samantha parada ali, admirando a vista do oceano.

"Você tem muita sorte de poder aproveitar isso todos os dias", disse Rachel.

"Em efeito."

"Então, o que exatamente você está fazendo aqui?"

"O que Roger disse para você?"

"Infelizmente, não muito. Só que você é uma espécie de conselheira matrimonial. Mas, pelo que parece, não tenho mais certeza de que seja esse o caso."

"Faço várias coisas", respondeu Samantha. "Realizo alguns empreendimentos imobiliários e de desenvolvimento em nome de meu pai. Mas também faço favores para as pessoas. Favores que realmente gosto de dar".

"Como? Aconselhamento matrimonial?"

Samantha mostrou um sorriso lindo.

"Você pode dizer assim também."

"Por que todo mundo é tão vago sobre isso? Existe um segredo que eu não deveria saber?"

"Se você quer saber a verdade, ajudei muitos casais ao longo dos anos. Não ligo para o dinheiro. Faço isso por prazer. Gosto de ajudar."

"E como exatamente você ajuda esses casais?" Rachel perguntou.

"Como você pensa? Qual é a base de um bom relacionamento?"

"Amor", respondeu Rachel.

"Sexo", Samantha piscou. "Ajudo casais a fazer sexo trabalhar para eles."

Rachel ficou chocada até o âmago, mas não deixou seu rosto mostrar isso.

Ela ficou surpresa que seu amado marido de vinte anos estivesse pensando nisso quando ele lhe falou sobre ela.

"Então você é uma terapeuta sexual?"

"Eu realmente não gosto de etiquetas", respondeu Samantha. "Mas eu sei muito sobre sexo. Sei do que as pessoas gostam e como elas podem ser melhoradas. É um talento natural que tenho."

"Eu não acho que isso seja certo para mim. Obrigado pela gentil hospitalidade, mas eu deveria ir. Vou pegar o próximo vôo para casa."

"Você acabou de chegar".

"Eu sei, mas..."

"Roger me avisou que você ficaria preocupado com isso."

"Você dormiu com ele?" Rachel perguntou sem rodeios.

"Não. Acredite, seu marido é um homem fiel. Eu apenas olhei para ele e sabia que sua vida sexual era muito pobre. Então, quando encontrei uma oportunidade no meu horário, fiz uma oferta ao seu marido."

Rachel estreitou os olhos.

"Sim, em troca de vários milhares de dólares do dinheiro do meu marido, certo?"

"Como eu disse, dinheiro não significa nada para mim. Olhe ao redor, eu não preciso do dinheiro do seu marido. Mas se eu não cobrar das pessoas, terei uma longa fila de homens esperando do lado de fora da minha porta para obter serviço gratuito . "

"Bem, obrigado pela hospitalidade. Não quero perder seu tempo. Isso não é para mim. Vou pegar o próximo vôo disponível."

Samantha acenou com a cabeça.

"Isso é perfeitamente compreensível. Você pode ficar aqui o tempo que quiser. Meu motorista o levará quando quiser. Devolverei o dinheiro do seu marido o mais rápido possível."

"Obrigado."

"Boa sorte no seu casamento", disse Samantha, voltando sua atenção para o pôr do sol.

Rachel parou por um longo momento.

"O que você sabe sobre o meu casamento?"

"Seu marido queria isso por uma razão específica. Então eu sei que sua vida sexual deve ser incrivelmente chata e monótona."

"Há mais no casamento do que apenas sexo. Nós nos amamos. Somos grandes parceiros na vida."

"Continue dizendo isso", respondeu Samantha. "Seu marido obviamente sente que algo está faltando no seu relacionamento. Mas se você acha que tudo está perfeito, sinta-se à vontade para sair."

Rachel fez outra longa pausa.

"Se eu ficar aqui, quero dizer, nos próximos dias, o que vai acontecer? O que vou fazer aqui?"

"Se você ficar, eu vou te ensinar as alegrias da dominação e da submissão. Essa é a minha especialidade. Alguém como Roger precisa sentir que ele é o homem no relacionamento. Eu posso te ensinar como servi-lo adequadamente."

"Parece um pouco bruto."

"Sexo é cru. Mas também é bonito. Quando foi a última vez que você teve um orgasmo alucinante? O tipo que deixa uma poça entre suas pernas."

"Eu não lembro", respondeu Rachel. "Anos. Talvez mais."

"Coitadinho. Mas eu posso consertar isso. Mulheres mais velhas, principalmente esposas, são uma especialidade minha."

"Nós não vamos ... você sabe ..."

"Vamos. Vamos fazer tudo juntos."

"Eu não posso fazer isso", respondeu Rachel. "Isso é loucura. Eu nunca fiz nada com outra mulher antes."

Pense nisso como uma experiência de aprendizado. Além disso, não é louco se seu marido acha que é benéfico. "

"Você certamente está muito empolgado com todo esse projeto."

Samantha sorriu.

"Você deveria estar também."

"Agora o que então?"

"Agora, eu estou voltando para dentro para me preparar para o jantar. Meu chef está fazendo algo delicioso. Se você quiser ficar, junte-se a mim para jantar. Se você quiser sair, converse com meu motorista."

"Eu quero ficar."

"O jantar deve estar pronto em breve. Podemos nos conhecer melhor. Amanhã é quando a verdadeira diversão começa."

Samantha mostrou outro sorriso cheio de insinuações.

Então ele se virou para entrar em sua grande mansão.

CAPÍTULO 7

No dia seguinte.

Uma pequena parte da equipe serviu o café da manhã ao ar livre.

Tudo foi tratado adequadamente.

Toda a comida foi preparada na hora.

As duas mulheres desfrutaram da companhia uma da outra enquanto tomavam café da manhã.

"Eu realmente posso me acostumar com isso", brincou Rachel.

Samantha piscou para ele.

"Quem geralmente cozinha em sua casa? Suponho que é você. Você parece uma mulher muito doméstica."

"Fui criado à moda antiga. Venho de uma longa fila de donas de casa."

"Típico. Você tem aquele visual conservador clássico."

"Eu ouço muito", Rachel deu de ombros. "Mas por um bom motivo. Adoro cuidar da minha família. Adoro ser a mãe e esposa ideal para elas."

Samantha acenou com a cabeça.

"Tenho certeza que Roger aprecia tudo o que você faz em casa."

"Sim", respondeu Rachel. "Tenho muita sorte de tê-lo. A maioria dos maridos não aprecia o trabalho que suas esposas fazem por eles."

"Roger te recompensa? Ele permite que você chupe seu pau?"

"Desculpe?"

"Roger deixa você chupar o pênis dele quando você é uma boa garota?"

Rachel ficou surpresa com a conversa obscena no café da manhã, especialmente na frente da equipe.

As conversas atrevidas sobre sexo sempre lhe pareceram de mau gosto.

"Eu não acho que é da sua conta", respondeu Rachel.

"Não é mesmo? Eu pensei que você queria minha ajuda."

"Suponho, mas ..."

"Seja honesto. Somos duas mulheres adultas. E minha equipe é muito discreta. Só estou tentando ajudá-lo."

Rachel deu um leve suspiro.

"Eu faço isso por ele, apenas algumas vezes. Eu realmente não gosto de fazer isso"

"Então, em que consiste sua vida sexual com Roger? Ele sobe em cima de você, dá-lhe alguns giros e depois corre?"

"Basicamente."

Samantha quase riu.

"Essa não é uma ótima vida sexual. Parece mais uma formalidade."

"Isso funciona para nós."

"Obviamente não. Roger quer você aqui por uma razão. Eu odeio dar a notícia para você, mas Roger é um garoto normal e excitado. Ele adora sexo. E ele adora boquetes. Mas ele é tímido demais para pedir favores à sua linda esposa pequena. extra ".

"Você está sendo presunçoso."

Samantha levantou uma sobrancelha.

"Eu estou sendo? Roger já rejeitou o sexo? Ele parece um garoto do ensino médio toda vez que você chupa seu pau? Você sabe que eu estou certo. Todos os homens são iguais quando se trata de sexo."

"Não foi assim que eu cresci", Rachel disse depois de uma longa pausa. "Você provavelmente está certo sobre Roger. Mas eu não sei mais como agradá-lo."

Samantha estalou os dedos e alguém da equipe trouxe um brinquedo sexual em uma bandeja de prata.

Samantha pegou e a equipe foi embora.

O brinquedo sexual cor de carne tinha o formato do pênis de um homem.

"É incrível o quão realistas esses brinquedos para adultos se tornaram", disse Samantha, segurando-o alto e espantado.

Embora estivessem ao ar livre, Samantha não parecia se importar em segurar um vibrador.

Rachel se sentiu um pouco desconfortável, mesmo que não houvesse mais ninguém por perto.

"Você não tem medo de que alguém possa aparecer e vê-lo com isso?" Rachel perguntou.

"É perfeitamente legal ter um brinquedo sexual no estado".

Rachel assentiu timidamente.

"Tem razão."

"Também não há nada errado em beijar um."

"Que queres dizer?"

Samantha sacudiu levemente o vibrador.

"Vá em frente, beije-o."

"Por quê?"

"Estou curioso para saber como você fica com um pênis na boca."

Rachel parecia nervosa quando Samantha lhe entregou o vibrador, que estava apontado para o rosto dela.

Ela imaginou que discutir seria inútil.

Ela era uma convidada em uma casa de luxo.

Ela sabia que seria rude negar o pedido.

Ele se inclinou para a frente na mesa e beijou a cabeça do vibrador.

"Agora abra seus lábios", disse Samantha. "Leve-o para dentro."

Rachel se sentiu estranha, mas fez isso de qualquer maneira.

Ela deixou o brinquedo sexual entrar em sua boca.

Samantha começou a empurrar e puxar o vibrador na boca de Rachel para simular sexo oral.

"Isso é tudo?", Disse Samantha, observando atentamente. "Chupe. Tudo assim. Imagine que é do Roger."

Ao ouvir essas palavras, Rachel acendeu um fogo.

Ela chupou mais, mais rápido e mais.

Ela realmente começou a fazer sexo oral com vibrador.

Antes que Rachel pudesse continuar, Samantha removeu o vibrador da boca e Rachel se recostou na cadeira.

"Nada mal", disse Samantha. "Mas suas habilidades no boquete podem melhorar um pouco. Vamos trabalhar nisso mais tarde. Acho que Roger ficará muito feliz quando você voltar para casa."

"Espero que sim", Rachel corou.

Samantha sorriu.

"Temos um longo dia de treinamento pela frente. Vamos terminar nosso café da manhã e aproveitar o nosso tempo."

Eles tomaram seu café da manhã novamente.

Rachel olhou para a comida, mas ainda estava pensando nas últimas palavras de Samantha.

Treinamento? O que diabos ele quis dizer com isso?

CAPÍTULO 8

O quarto de Samantha consistia em uma área grande e espaçosa.

E era simples, mas elegante.

Os móveis pareciam rústicos e caros.

A varanda estava aberta e tinha uma vista perfeita do oceano.

"O marido dela me disse seu tamanho e medidas", disse Samantha. "Então fui em frente e comprei um novo guarda-roupa para você."

Havia uma mala no meio da sala.

Samantha a abriu para revelar uma grande variedade de roupas, muito reveladora e uma grande variedade de roupas íntimas.

Rachel ficou estupefata.

"Isso é tudo para mim?"

"Tudo nessa mala é para você. Eu também comprei um novo kit de maquiagem."

"O que há de errado com a minha maquiagem?"

"Nada se você for contador", respondeu Samantha. "Mas se você quiser dar ao seu marido uma ereção constante, precisará trabalhar um pouco mais".

"Roger gosta do jeito que eu gosto."

"Você é uma mulher muito bonita. Tenho certeza de que Roger acha que você é a mulher mais bonita do mundo. Mas às vezes os homens querem apenas uma prostituta suja no quarto. Esses são os fatos."

Rachel fez uma pausa.

"Eu não sou mais exatamente uma jovem mulher."

"Não há absolutamente nada de errado com mulheres da sua idade. Todo mundo adora mulheres mais velhas. Eu adoro mulheres mais velhas."

"Então o que estamos fazendo?"

"É bom ser uma dona de casa primitiva e adequada. Mas também é bom ser uma vadiazinha suja no quarto de vez em quando. É isso que eu vou te ensinar."

Rachel respirou fundo.

"Tudo bem. Vou manter a mente aberta para o que você tem a dizer."

"Bom. Agora tire a roupa."

"Me perdoe?"

"Tire a roupa. Tire a roupa. Tudo isso."

"Por quê?"

"Eu pensei que você disse que estava mantendo a mente aberta" Samantha disse com uma sobrancelha levantada. "Se você quer minha ajuda, ouça o que tenho a dizer."

Rachel já sabia que discutir com Samantha nunca foi uma estratégia vencedora.

Ela respirou fundo para obter coragem e, hesitante, tirou as roupas, dobrando cuidadosamente cada peça de roupa e colocando-a na cama próxima.

Foi um pouco embaraçoso para Rachel se despir na frente de Samantha, já que seu corpo era envelhecido, e Samantha era muito jovem e em forma.

Mas Rachel disse a si mesma que era como se despir na frente do médico.

Samantha provavelmente tinha visto muitas mulheres nuas da idade dela.

Ela viu tudo.

Quando esta viagem terminar, nunca mais a verei.

Então, quem se importa se ela me vê nua?

Ela tirou todas as suas roupas e, no final, Rachel estava completamente nua na frente de uma mulher muito mais jovem e atraente.

"Muito feminina e bonita", disse Samantha com uma pequena dica enquanto assentia.

"Assim você acha?"

"Como eu disse, adoro mulheres mais velhas. E amo donas de casa. Acho que você é extremamente atraente."

Rachel encolheu os ombros.

"E o que vem depois?"

"Me siga."

Samantha levou Rachel para a cômoda.

Rachel sentou-se em frente ao grande espelho e uma mesa cheia de produtos de beleza de grife.

Ambos olharam para o reflexo em topless de Rachel no espelho.

Então Samantha usou um guardanapo úmido para limpar a maquiagem de Rachel até que seu rosto estivesse limpo.

As rugas e linhas da idade no rosto de Rachel se tornaram mais aparentes.

"Você tem tanta beleza natural, Rachel. Você é muito bonita."

"Obrigado."

"Mas não estamos interessados em beleza no momento", disse Samantha. "Estamos interessados em sexy. Você está pronta para isso, Rachel?"

"Acho que sim."

"Vamos começar."

Samantha foi diretamente ao trabalho de aplicação de cosméticos.

Ela habilmente aplicou uma camada de blush, sombra, rímel, delineador e um tom brilhante de batom vermelho.

Segundo a segundo, a dona de casa recatada viu sua aparência se transformar.

Quando ela terminou, Rachel mal conseguia se reconhecer.

"O que você acha?" Samantha perguntou, orgulhosa de seu trabalho.

"Parece ... parece ... interessante ..."

Samantha deu um tapinha nos ombros da mulher.

"Você vai se acostumar. Apenas lembre-se, isso é só para você e Roger. Ninguém mais."

"Entendi."

"Agora, vamos te vestir, ok?"

Rachel se levantou e seguiu Samantha na grande sala.

Samantha enfiou a mão dentro da mala e tirou uma túnica vermelha fina.

"Tente fazer isso", disse Samantha. "E olhe-se no espelho."

Rachel olhou para seu reflexo nu no espelho enquanto vestia o roupão.

Era escasso, fino e pequeno.

Acima de tudo, era semi-transparente.

A cor de seus mamilos e pelos pubianos era totalmente visível.

"É um pouco revelador, você não acha?" Rachel expressou o que era óbvio.

"Essa é a ideia. Quando você estiver em casa, eu quero que você use isso para Roger o tempo todo. Será um casamento mais feliz."

"Você quer que eu fique praticamente nua o tempo todo?"

"Pense bem, Roger argumentaria com você enquanto seus mamilos estão expostos?"

"Essa é certamente uma maneira divertida de ver as coisas", Rachel respondeu com uma risada.

Samantha sorriu.

"Eu ajudei muitos casais ao longo dos anos. Confie em mim, eu sei do que estou falando."

As duas mulheres sorriram divertidamente uma para a outra antes que ela experimentasse mais roupas.

CAPÍTULO 9

Mais tarde naquele dia.

Rachel estava em um estado de profundo relaxamento.

Eu estava na sala de spa, sozinha com uma massagista treinada.

Sua mente se afastou quando suas costas receberam uma massagem especializada.

Foi uma benção.

"Estou feliz que você esteja se divertindo", disse Samantha, entrando no spa.

"Isso é o céu."

"Uma boa massagem é sempre divina. Desculpe interromper, mas acabei de falar com meu pai ao telefone. Algo aconteceu."

Rachel sentou-se para ouvir as notícias.

Seus seios apareciam, mas ela não se importava.

"Esta tudo bem?" ela perguntou.

"Está tudo bem. Mas meu pai está tendo um grande jantar com vários de seus parceiros de negócios, e ele quer que eu me junte a ela. Ele me quer atualizado. Além disso, sou ótimo em receber convidados."

"Eu deveria estar indo?" Rachel perguntou, secretamente temendo o pior.

"Não, não. Mas não tenho certeza de que horas voltarei, então fique à vontade em minha casa. Já instruí a equipe a fazer um bom jantar para você. Faça o que quiser depois. Existem livros, filmes, música, o que você quiser. Minha equipe o ajudará com o que você precisar. "

"Obrigado, você é muito gentil."

Samantha levantou uma sobrancelha.

"Se você estiver com disposição para algo um pouco mais provocativo, tente a coleção de DVDs no meu quarto. Quem sabe, você pode ver algo que você gosta."

"Eu vou manter isso em mente", respondeu Rachel, sem saber como interpretar as insinuações.

"Divirta-se. Vou tentar voltar em breve."

"Que tenha uma boa noite."

Samantha sorriu e saiu.

CAPÍTULO 10

Naquela mesma noite.

A luxuosa mansão parecia um pouco chata sem seu dono.

Depois de um jantar cedo, Rachel assistiu o pôr do sol e explorou a casa mais uma vez.

Ele deu uma olhada no que tinha para a coleção de home theater e música, mas nada o interessou.

Agora ele estava assistindo televisão na sala de estar.

As notícias eram a única coisa que o interessava.

Ele se perguntou como Roger estava indo.

Ela se perguntou se Roger sentiria falta dela.

O tédio veio.

Eram onze horas da noite e Rachel decidiu ir para a cama.

No caminho para o quarto, ele passou pelo quarto de Samantha.

A porta estava aberta.

A oferta de assistir seus DVDs privados ainda estava na mente de Rachel.

Porque não?

Ela me convidou para entrar em seu quarto para assistir.

Rachel entrou no quarto principal e foi à grande televisão.

Os DVDs não foram difíceis de encontrar.

Havia mais de 200 DVDs, ele estimou.

Todos os DVDs eram caseiros.

Cada DVD tinha um nome escrito, junto com uma data.

Rachel ligou a televisão e o DVD player.

Ela selecionou um DVD aleatório intitulado: Joseph 03-07-2018

O DVD começou e Rachel sentou na cama.

Ela ficou surpresa com o que viu.

Um homem nu apareceu na tela.

Ele era de meia-idade e estava em forma normal.

Ele tinha o rosto de um empresário de sucesso.

Seu pênis era pequeno e flácido.

Ele parecia tímido.

Eu estava olhando diretamente para a câmera.

Ele estava em pé em um quarto de hóspedes.

O homem declarou seu nome, idade e que seu emprego era um promotor imobiliário.

A cena parecia muito estranha e deixou Rachel extremamente desconfortável.

Ele não conseguia entender por que Samantha teria um DVD assim.

Rachel se levantou e estava prestes a desligar o DVD quando, de repente, ouviu a voz de Samantha vindo da televisão.

Ele estava começando a dar ordens ao homem nu.

Rachel sentou-se para continuar assistindo.

O homem nu na tela se acariciou.

Seu pênis pequeno tornou-se um pouco maior e mais rígido.

O homem se ajoelhou quando a voz de Samantha o ordenou.

Samantha apareceu na tela e Rachel quase engasgou.

Samantha apareceu no vídeo usando um espartilho de couro apertado, mostrando os braços e as pernas.

Havia um longo consolo amarrado entre as pernas de Samantha, que devia ter pelo menos quinze centímetros de comprimento.

Samantha ficou na frente do homem ajoelhado, e o homem começou a sugar seu pênis do cinto com entusiasmo.

Tudo o que Rachel podia fazer era parecer quase em choque.

Fiquei completamente incrédula que Samantha fizesse isso com um homem.

Seus instintos lhe disseram para desligar o DVD, mas ele não conseguiu.

A tela havia se tornado hipnótica.

No vídeo, Samantha ordenou que o homem se levantasse e se inclinasse sobre a cama.

Ele fez isso com entusiasmo.

Samantha então aplicou uma grande quantidade de lubrificante no brinquedo sexual e se posicionou atrás do homem.

Rachel engasgou enquanto observava Samantha penetrar no homem.

Era tudo o que Rachel podia suportar.

Ele se levantou e desligou o DVD.

Quando ele colocou o DVD de volta em seu lugar na coleção, ele viu outro vídeo marcado como Anna em 23/05/2019.

Foi gravado há apenas alguns meses e o protagonista deve ter sido uma mulher.

Rachel ficou curiosa e inseriu o vídeo e sentou-se na cama.

O vídeo mostrou uma mulher madura e nua.

A mulher tinha cinquenta e poucos anos.

Obviamente uma dona de casa.

O vídeo também foi gravado na mesma sala, mas desta vez Samantha estava segurando a câmera e conversando com a dona de casa.

Samantha ordenou que a mulher se ajoelhasse e rastejasse até a boceta de Samantha.

A mulher habilmente praticou sexo oral na buceta raspada de Samantha.

Rachel ficou impressionada com a luxúria que sentiu ao assistir ao vídeo de sexo em casa de Samantha.

Ele se abaixou e se tocou enquanto olhava.

Ela começou a brincar com sua buceta.

Lesbianismo e submissão nunca foram suas fantasias, mas havia algo fascinante nos vídeos caseiros de Samantha.

Rachel continuou esfregando sua buceta até o vídeo terminar.

Então ele tocou outro vídeo, desta vez de um casal.

O tempo passou e Rachel já tinha assistido mais alguns vídeos.

Ela gozou poderosamente assistindo pornô caseiro.

Fazia muito tempo desde que ela sentira um orgasmo tão bom.

Ela fechou os olhos para descansar um pouco.

* * *

Rachel acordou e sentiu um dedo esfregar sua pele.

Os olhos dela se arregalaram.

Ainda era noite.

Ela olhou para cima e viu Samantha em pé sobre ela com um sorriso no rosto.

"Vejo que você gostou da minha coleção", Samantha sorriu.

Rachel rapidamente cobriu sua boceta.

"Oh Deus. Sinto muito. Devo ter adormecido."

"Não há nada para se arrepender. Você encontrou algo que gosta. Agora estamos prontos para o próximo passo."

As duas mulheres se entreolharam.

Houve um breve momento de silêncio entre eles.

E havia também um entendimento silencioso de que as coisas ficariam muito mais interessantes.

TERCEIRA PARTE:
Escravidão é o nosso prazer

CAPÍTULO 11

O café da manhã foi quase desconfortável na manhã seguinte para Rachel.

Foi a primeira vez em sua vida que ela foi pega se masturbando.

Ele tinha um sentimento de vergonha e desconforto.

"Você deve ter muitas perguntas", disse Samantha.

"Alguma coisa."

"Não seja tímido. Vamos ouvi-lo."

"O que exatamente você estava fazendo nesses vídeos?" Rachel perguntou.

"Pessoas diferentes têm fetiches diferentes. Isso é um fato da sexualidade humana. Eu simplesmente presto um serviço para esses fetiches."

"Você é algum tipo de dominadora, ou como é o nome dela hoje?"

Samantha sorriu.

"Quando eu quero estar. Ou se alguém precisar da minha ajuda."

"Você chama isso de ajuda?" Rachel perguntou, arqueando a sobrancelha.

"Claro que sim. Você viu o quanto essas pessoas corriam?"

Rachel de repente se sentiu tímida.

"Você estava ... hum ..."

"Vá em frente. Basta perguntar. Eu não vou morder."

Rachel respirou fundo.

"Você estava pensando em fazer alguma dessas coisas comigo ou com Roger? Esse era o plano o tempo todo? Roger quer ser sodomizado por uma trela? Ele quer me ver fazendo sexo oral com uma mulher?"

"Essas são as grandes questões, não são?"

"Você vai me dar uma resposta?"

Samantha parou drasticamente por um longo tempo enquanto bebia o suco espremido na hora.

"A resposta é essa", respondeu Samantha. "Seu marido não tem idéia do que ele quer. Ele sabe que quer uma vida sexual melhor. Ele sabe que não quer fazer sexo com uma mulher sem emoção toda semana."

"Roger me chamou de uma mulher sem emoção?" Rachel perguntou com sentimentos feridos.

"Não com essas palavras. Mas pela maneira como ele descreveu sua vida sexual, você também pode não ter emoções."

"Então, o que você acha que Roger quer? Para eu ser submissa como as mulheres em seus vídeos?"

"Talvez. Foi para isso que foi essa viagem. Infelizmente ele ficou ocupado e eu não posso ajudá-lo. Mas, felizmente, você está aqui."

"Você está brincando comigo?"

"Não. Ele não está. Posso dizer que ele não está. Mas ele está perto de fazer isso. O sexo que você fornece é inapropriado para um homem como ele."

"Oque tenho que fazer?" Rachel perguntou.

"Faça o que eu mandar. Vista como eu instruí. Chupe o pau dele como eu te ensinei. Na verdade, eu espero que você lhe dê um boquete todas as manhãs antes do trabalho, e novamente quando ele chegar em casa. Sem desculpas." não para ".

Rachel acenou com a cabeça.

"Eu posso fazer isso."

"Mas ainda há mais a aprender. O sexo oral não resolve tudo, acredite ou não."

"E o que é isso?"

Samantha lançou-lhe um olhar malicioso.

"Nós vamos ter que descobrir depois do café da manhã."

CAPÍTULO 12

Havia uma tensão perceptível no ambiente quando Rachel seguiu Samantha para uma sala privada na mansão.

O quarto tinha paredes lisas e móveis simples.

Havia uma cama pequena com apenas dois pés de altura.

A cama estava simplesmente coberta, sem cobertores ou travesseiros, apenas um lençol.

"Não vamos perder tempo", disse Samantha. "Seu marido quer uma esposa submissa. No fundo, acho que você anseia por uma figura sexual dominante."

"Eu discordo totalmente", disse Rachel com firmeza.

"Oh?"

"Não acho que Roger me ame assim. E certamente tenho meus limites. Sempre achei que um relacionamento adequado se baseia na igualdade".

"Mesmo durante o sexo?"

"Sim."

Samantha lambeu os lábios.

"Você tem muito a aprender hoje."

"Vou manter a mente aberta para o que você sugere."

Samantha acenou com a cabeça.

"Eu trouxe você aqui por um motivo específico. Esta é uma sala para iniciantes. Você ainda não está pronta para a sala de escravidão."

"Parece intimidador."

"Intimidando de um jeito bom. Mas, por enquanto, vamos nos contentar com esta sala porque é fácil limpar depois de um desastre."

"O que isto quer dizer?" Rachel perguntou.

"Isso significa que eu vou fazer você gozar. O caminho certo. Eu vou lhe mostrar como é um verdadeiro orgasmo."

"Samantha, eu aprecio tudo o que você está fazendo por mim, mas realmente não acho que seja necessário."

"Claro que sim", respondeu Samantha com firmeza. "Você não pode se tornar um verdadeiro submisso, a menos que tenha sentido os prazeres dele. Vamos começar devagar. Vou facilitar um novo estilo de vida para você."

Rachel foi atingida pela palavra estilo de vida.

As coisas estavam prestes a ficar mais interessantes.

E eu estava curioso para saber para onde as coisas estavam indo.

"Bom", ela respondeu. "Não vou discutir. Não vou reclamar. Farei o que você pedir."

"Quero ver você por trás. Quero você nua da cintura para baixo. Então deite na cama. Mantendo os pés no chão."

Rachel estava preocupada com o pedido.

Mas ela fez de qualquer maneira, já que dissera que faria sem discutir.

Ela tirou tudo deixando sua bunda no ar e cuidadosamente colocou suas roupas na cama.

Agora ela estava de pé com seu arbusto moderadamente peludo exposto a Samantha.

Então ele se deitou na cama pequena com os pés ainda no chão.

"Você terá que se barbear mais tarde", disse Samantha, olhando para os pelos pubianos.

"Meu marido gosta."

Faça a barba hoje, não se preocupe, ela voltará a crescer.

Rachel revirou os olhos.

"Óbvio."

"Agora abra suas pernas. Largas."

Rachel fez isso.

Ela abriu as pernas e deu a Samantha uma visão clara de sua vagina.

Ela se sentiu insegura mostrando sua boceta madura para uma bela jovem, mas ela supôs que havia um propósito por trás de tudo.

"Feliz agora?"

"Buceta linda", Samantha apreciou. "É lindo."

"Você vai ficar lá e olhar?"

"Claro que não. Se você não se importa, eu vou amarrar suas pernas na cama antes de fazer você gozar. Relaxe, eu prometo que você vai gostar."

Samantha pegou algo debaixo da cama e puxou uma corda que costumava amarrar os tornozelos de Rachel em postes opostos na cama.

Tudo foi feito com precisão especializada.

Samantha era claramente uma especialista em cordas e escravidão.

Quando ele terminou, as pernas de Rachel estavam espalhadas em um estilo de águia, amarradas, e sua boceta estava aberta.

Um zumbido alto ecoou na sala.

"Que diabos é isso?" Rachel perguntou, olhando para Samantha.

Samantha levantou um grande brinquedo sexual vibratório, que parecia e soava como uma ferramenta elétrica.

O dispositivo tinha um topo vibratório projetado para estimular o clitóris de uma mulher.

"Isso vai mudar sua vida para melhor. Agora relaxe."

Rachel estava deitada de olhos arregalados na cama.

A coisa estava se aproximando entre as pernas dela.

Samantha parecia que estava prestes a realizar um procedimento médico com o forte dispositivo vibratório.

O topo vibratório se aproximou da boceta exposta.

O poderoso vibrador tocou a ponta do clitóris de Rachel.

"Aaahhhh !!!!" a dona de casa madura gritou de dor.

Samantha se afastou por um momento.

"Relaxe. Relaxe, querida. Apenas relaxe enquanto eu cuido de você."

A poderosa vibração foi trazida de volta ao clitóris.

Rachel gritou novamente.

Ele poderia ter implorado para Samantha parar.

Ela poderia ter se sentado e empurrado Samantha.

Ela poderia ter lutado.

Mas ela não fez.

Rachel simplesmente deitou na cama e absorveu a intensa estimulação.

Embora fosse doloroso, houve também um pequeno lampejo de prazer.

O prazer cresceu e cresceu.

Rachel continuou angustiada, mas tentou relaxar seu corpo.

Ela aceitou o sentimento poderoso.

Suas pernas estavam puxando e lutando contra a corda, mas isso não ajudou.

As pernas dela não podiam se mover.

A sensação em seu corpo estava em conflito.

Ela queria resistir, mas também queria permitir que os sentimentos fluíssem.

Ela continuou a gemer e atirar na cama.

Samantha pressionou a palma da mão no corpo da dona de casa.

Então ela empurrou o dispositivo sexual vibrando com força contra o clitóris.

A estimulação foi irreal.

A dona de casa madura gritou de agonia e prazer.

Suas pernas lutavam contra a corda com todas as suas forças.

Foi uma batalha perdida.

Quando Samantha inseriu dois dedos dentro de sua vagina, entrando e saindo, Rachel veio.

Ela estava correndo e correndo.

Ela esguichou e esguichou mais de seus sucos.

Foi um orgasmo úmido que fez uma verdadeira bagunça em todos os lugares.

As costas de Rachel se arquearam violentamente.

Os dedos dos pés se curvaram.

Ele fez caretas estranhas enquanto estava quase irreconhecível por um tempo.

Então seu corpo ficou completamente mole.

Samantha desligou o aparelho e sorriu para o trabalho.

Ele abaixou o aparelho e desamarrou os tornozelos da dona de casa.

Ela se sentou na cama e esfregou os cabelos de Rachel, notando o quão bonita ela estava.

"Não lute para conversar ainda", disse Samantha, ainda esfregando os cabelos de Rachel. "Apenas relaxe. Aproveite sua felicidade. Tenho certeza que seu clitóris deve estar doendo agora."

Rachel acenou com a cabeça.

"Sim."

"Descanse. Deixe seu clitóris se recuperar. Vamos continuar treinando ainda hoje."

Samantha se inclinou para beijar Rachel na testa, depois na bochecha e depois nos lábios.

CAPÍTULO 13

O tempo passou sem pressa.

Almoçaram juntos e conversaram sobre coisas normais.

Uma amizade cresceu entre eles.

O assunto do sexo nunca havia voltado à tona, e o clitóris de Rachel teve tempo suficiente para se curar do ataque vibratório.

Rachel tirou uma soneca no meio da tarde e, quando acordou, havia um lindo vestido preto em sua cama.

Um par de sapatos de salto alto também estava na cama.

Havia uma nota manuscrita em cima do vestido.

A nota dizia:

Tome um bom banho longo. Em seguida, aplique sua maquiagem como eu te ensinei. E depois vista seu vestido e os saltos com mais nada por baixo.

Vamos nos encontrar lá embaixo na sala de escravidão às seis da tarde. A porta será destrancada. "

A nota foi assinada por Samantha.

Um formigamento cresceu entre suas pernas.

Rachel saiu da cama e tomou banho.

Ela se secou e olhou para seu reflexo nu no espelho antes de aplicar a maquiagem.

Ela aplicou cada produto cosmético exatamente como Samantha havia lhe ensinado.

Rachel colocou o vestido na frente do espelho do quarto.

O vestido era elegante e sexy.

Ela ficou maravilhada com o reflexo dele.

Ela parecia uma mulher muito diferente.

* * *

Ele desceu exatamente às seis da tarde e depois desceu o corredor.

Era fácil descobrir onde ficava a sala da escravidão.

Era o único quarto da mansão onde a porta estava sempre fechada.

Agora a porta estava aberta e ele parecia estar chamando por ela.

A sala de escravidão parecia chata em comparação com o resto da casa.

Era uma sala de tamanho médio, sem nada de valor.

Havia algumas mesas e cadeiras.

Havia outros itens de aparência interessante, como uma corda pendurada no teto e dispositivos de aparência estranha que pareciam ásperos.

Rachel entrou na sala e deixou seus olhos vagarem sobre ela.

A antecipação cresceu.

"Era isso que você esperava?" A voz de Samantha disse por trás.

Rachel se virou e viu Samantha vestida com um espartilho de couro vermelho e botas pretas.

Ela mostrou seus braços e pernas tonificados, e seu cabelo estava puxado para trás.

Ela estava vestida como uma verdadeira dominadora.

Samantha então fechou a porta.

"Eu estava esperando um pouco mais, para ser honesto", disse Rachel, escondendo os nervos.

"A maioria das pessoas espera mais da minha sala de escravidão. Mas eu prefiro a simplicidade. Gosto de ter esse elemento de surpresa."

"Que queres dizer?"

"Eu gosto que as pessoas subestimem esta sala", Samantha sorriu. "Além disso, é irrelevante que tipo de brinquedos e dispositivos são usados. É a vontade de enviar e o poder dominante sobre o submisso, que cria um bom relacionamento erótico de BDSM. Não os brinquedos".

As mãos de Rachel apontaram para o quarto.

No entanto, aqui estamos. "

"Não me interpretem mal", disse Samantha, caminhando em direção à dona de casa. "Adoro usar brinquedos. E também amo cordas. Eles melhoram meu poder sobre os submissos de várias maneiras".

"O que você vai me fazer?"

Os olhos de Samantha olhavam para cima e para baixo para a dona de casa.

"Eu esqueci de mencionar como você está linda nesse vestido. Parece perfeito para você, mostrando todas as suas curvas. E sua maquiagem, estou impressionada. Você aprende rápido."

"Obrigado. Você parece ... umm ... atraente nessa roupa."

"Eu sempre tento parecer o meu melhor."

"Então o que você vai fazer comigo?" Rachel perguntou novamente, quase desesperada para saber.

Samantha deu um passo à frente e aproximou os lábios da orelha da dona de casa.

"Eu vou amarrar você", disse Samantha suavemente. "Então eu vou fazer você gozar várias vezes. Você pertence ao seu marido. Mas hoje à noite você pertence a mim. Sua boceta pertence a mim. E seus orgasmos também a mim."

Os olhos de Rachel se arregalaram.

"Oh. Eu ... uh ..."

"Suponho que Roger nunca te amarrou."

"Nunca."

"Perfeito. Eu amo ser a primeira pessoa. Fique quieta."

Rachel ficou parada, timidamente, em seu vestido caro, enquanto observava Samantha girar um dispositivo na parede.

A corda pendurada no teto desceu para onde Rachel estava.

"Você vai me amarrar com isso?" Rachel perguntou.

"Há algum problema?"

Rachel sacudiu nervosamente a cabeça.

"Não."

"Tudo bem. Agora me dê suas bonecas."

Samantha usou a corda macia e habilmente amarrou os pulsos de Rachel.

O nó estava apertado.

As mãos de Rachel estavam atadas.

Ele não fez resistência.

Depois que ela amarrou a corda a ele, Samantha voltou à parede e girou o dispositivo na direção oposta.

Isso fez as mãos de Rachel subirem acima da cabeça.

Nada muito doloroso, mas o suficiente para impedir Rachel de se mover.

"Confortável?" Samantha perguntou com um meio sorriso.

Rachel quase tremeu enquanto estava com as mãos amarradas sobre a cabeça.

"Meus pulsos doem."

"Dói porque você está lutando. Relaxe. Entregue-se a mim."

Samantha abriu uma gaveta próxima e procurou dentro.

Ele puxou uma faca e caminhou lentamente em direção a Rachel com um sorriso malicioso, acenando com o objeto afiado.

"Oh, meu Deus!" Rachel ofegou com medo, pensando que algo horrível iria acontecer. "Por favor, não! Meu Deus! Meu Deus!"

"Não seja bobo. Eu não vou te machucar. Bem, não do jeito ruim."

Samantha levou a faca ao topo do vestido de Rachel.

Então ela cortou, dividindo o vestido ao meio.

Samantha colocou a faca em uma mesa próxima e depois abriu a parte superior do vestido, expondo os dois seios redondos de Rachel.

"Agora você parece uma verdadeira prostituta", Samantha sorriu. "Maquiagem excitada, cabelo bonito, saltos caros e um vestido rasgado que expõe seus velhos peitos caídos. Todos os sinais de uma prostituta. Você não concorda?"

Rachel assentiu nervosamente.

"Sim."

"Eu sempre sigo a regra dos dez centímetros. Diga-me, qual é o tamanho do pênis do seu marido?"

"Cerca de quinze centímetros", Rachel admitiu.

"Roger tem doze centímetros, então eu adiciono outros dez centímetros. Que é um total de vinte e dois centímetros."

Samantha abriu outra gaveta para pegar um vibrador de dez centímetros.

Ela olhou para ele, espantada com o tamanho.

Então ela colocou uma alça em volta da virilha e amarrou o vibrador de dez centímetros.

"Você vai colocar isso dentro de mim?" Rachel perguntou nervosamente.

"Eu vou estragar você com isso", respondeu Samantha, aplicando lubrificação no objeto sexual. "Você já fez sexo em pé?"

"Não."

"Outra primeira vez."

Samantha ficou na frente de Rachel.

Eles estavam cara a cara, a apenas alguns centímetros de distância.

Samantha estava segura e calma.

Rachel estava uma bagunça nervosa.

A tensão sexual estava espessa no ar.

Samantha se inclinou para frente e deu um grande beijo nos lábios de Rachel.

Foi bom no começo.

Então mais apaixonado.

Então ficou mais difícil.

Samantha mordeu gentilmente o lábio inferior de Rachel.

Então eles continuaram se beijando com a língua.

Enquanto eles se beijavam, Samantha abaixou as mãos e levantou o vestido de Rachel.

Então ele guiou a ponta do pênis do cinto até os lábios de Rachel.

Rachel abriu as pernas enquanto estava de pé.

O vibrador apontou para sua vagina.

"Eu vou te penetrar agora", Samantha sussurrou no ouvido de Rachel.

"Seja gentil."

"Não", Samantha sussurrou.

Enquanto as duas mulheres continuavam entrelaçadas, Samantha deu um forte empurrão e entrou na boceta de Rachel, causando um suspiro audível.

Samantha deu outro empurrão e entrou mais.

O objeto sexual estava ficando mais profundo.

Em um ponto, o objeto sexual de 22 centímetros foi completamente enterrado dentro da vagina.

Rachel estava gemendo e suas pernas estavam se agitando.

Samantha mostrou sua força física segurando firmemente as duas coxas de Rachel no ar.

Rachel estava completamente fora do chão, com as mãos penduradas na corda no teto.

Seus pés e calcanhares batiam loucamente com Samantha segurando as pernas.

"Não lute", disse Samantha, segurando a dona de casa no ar. "Quanto mais você luta, mais doerá. Renda-se a mim."

Samantha se recostou e deu outro empurrão forte, empurrando o vibrador mais fundo em sua boceta.

As mãos de Samantha mantinham uma trava firme nas pernas de Rachel.

Rachel ficou no ar enquanto a dominadora a penetrava.

Eles estavam fodendo.

Eles olharam nos olhos um do outro.

Rachel estava chorando e gemendo.

Mas ela nunca disse a Samantha para parar.

Ela não se atreveu, mas também não queria.

Fazia parte do treino, e ele começou a se sentir agradável quando seu corpo se ajustou ao tamanho.

Seus cabelos estavam despenteados, assim como seus pés.

Ele gostava de ser fodido por Samantha.

Seu corpo estava pegando fogo.

Os pulsos de Rachel doem.

A pele ao redor de seus pulsos estava ficando um tom vermelho escuro enquanto seu corpo pendia no ar.

Mas a dor em seus pulsos não era nada comparada à sensação de sua vagina.

O grande brinquedo sexual estimulou os nervos dentro de sua vagina que ela nunca soube que existiam.

Os empurrões continuaram.

Ela gritou e gritou.

Ela chorou e chorou.

Ela gemeu e gemeu.

"Venha para mim", disse Samantha, olhando para a dona de casa com prazer. "Venha para mim, sua velha puta suja."

Rachel empurrou seus quadris.

"Não sou velho!"

Um orgasmo atravessou seu corpo.

Rachel gritou no topo de seus pulmões.

As costas dela se arquearam violentamente.

Ela jogou os sapatos de salto alto pelo quarto.

Os fluidos da pequena vagina de Rachel espalharam-se por toda parte, deixando um trabalho sério para a faxineira.

Quando o orgasmo cedeu, os olhos de Rachel se voltaram e seu corpo relaxou.

Samantha soltou seu abraço e Rachel pendurou quase desmaiada da corda em volta dos pulsos.

Samantha abaixou a corda e o corpo semi-consciente de Rachel estava no chão em uma piscina de seus próprios sucos quentes.

Quando Rachel conseguiu abrir os olhos, viu Samantha tirando o espartilho, ficando completamente nua.

Rachel não pôde deixar de invejar o corpo nu perfeito de Samantha.

Samantha sentou no chão e brincou com os cabelos de Rachel.

"Roger tem sorte de ter uma prostituta orgástica como você", Samantha sorriu totalmente nua.

"Eu nunca vim assim antes. Nunca."

"Estou feliz por ter te servido por isso. Mas lembre-se, eu sou a dominadora, você é a submissa. Isso é para o meu prazer, não o seu. E até agora, eu ainda não vim."

Rachel levantou uma sobrancelha.

"Que tem em mente?"

"Você já comeu uma buceta?"

"Não."

"Que virgem você é em tudo. Deslize na minha direção. Coloque seu rosto entre as minhas pernas."

Rachel fez o que foi instruído a fazer.

Ela rastejou até seu rosto estar a centímetros de sua vagina.

"Beije meus lábios", ordenou Samantha, referindo-se à própria vagina. "Eu amo que eles me beijem."

Rachel obedeceu, beijando a camada externa da buceta raspada de Samantha.

"Lamba como um picolé. Então enfie a língua dentro como se não comesse há dias."

Rachel seguiu as ordens, lambendo sua vagina e testando os fluidos externos.

Sua língua sentiu cada ponto em seus lábios.

Então ele enfiou a língua dentro, lambendo e chupando.

Foi a primeira vez que ele comeu uma buceta, e ele percebeu que tinha um gosto bom.

"Tudo bem", Samantha gemeu. "Continue assim. Continue lambendo como um bom gatinho."

A dona de casa, outrora recatada, primitiva e adequada, rapidamente se tornou uma especialista em comer vagina.

Ela lambeu e chupou com entusiasmo.

Sua língua acariciou para cima e para baixo.

Momentos depois, Samantha veio e deu um grito agudo.

Suas pernas tremiam, então ela relaxou.

Os olhos de Samantha se iluminaram.

"OMG. Quem sabia que você poderia fazer isso tão naturalmente?"

Rachel sorriu e descansou a cabeça na coxa de Samantha.

"Você sabe bem".

"Assim você acha?" Samantha perguntou retoricamente.

Rachel beijou a coxa da dominadora.

"Sim."

As duas mulheres continuaram seu momento de conforto mútuo.

Rachel fechou os olhos e descansou a cabeça na coxa da dominatrix.

Samantha olhou para a linda dona de casa e acariciou seus cabelos.

CAPÍTULO 14

Dias depois.

Depois de pegar sua bagagem, Rachel empurrou um carrinho com duas malas para dentro: uma com suas roupas normais e a outra que Samantha havia lhe dado.

Ela viu o marido esperando lá fora.

Grandes sorrisos foram devolvidos.

Roger ficou feliz em ver sua esposa tão bronzeada e relaxada.

Ele correu para Rachel.

Ela parou o carrinho e deu-lhe um grande abraço sufocante.

Foi um momento especial.

Ela queria que aquele dia fosse um novo começo para seu casamento.

"Eu senti tanto a sua falta", disse Roger.

Rachel colocou os lábios no ouvido dele e sussurrou: "Você vai me levar para casa e me amarrar na cama do quarto. Então você vai colocar seu pau na minha garganta. E então você vai me foder. Entendeu?"

Ele se afastou um pouco para dar uma boa olhada em sua esposa, espantado com a linguagem suja dela.

Havia um brilho especial nos olhos de Rachel.

Uma fome

Luxúria.

Roger percebeu que sua esposa era uma mulher diferente.

Roger assentiu, aceitando o convite.

Rachel sorriu e o beijou.

FIM

214

www.ingramcontent.com/pod-product-compliance
Lightning Source LLC
Chambersburg PA
CBHW021433150726
47989CB00001B/233